春子ブックセンター

宮藤官九郎

白水社

春子ブックセンター

目次

まえがき

どうも、宮藤官九郎です。

今回、主宰の松尾スズキ氏を差し置いて本公演の作・演出を担当する事になりました。

まあその事に関しては色々と言いたい事もあるでしょうが、当の松尾さんがＯＫしてくれたんだから誰が何と言おうとやるんじゃと聞く耳持たない僕なのです。

で、お話を頂いた時、僕はちょうど「週刊文春」で連載していた小林信彦の『天才伝説・横山やすし』を読み返しており、アレックス・デ・ラ・イグレシア『どつかれてアンダルシア(仮)』や『マン・オブ・ザ・ムーン』も観たばかりで、しかも松尾さんの『悪霊~下女の恋』に出演が決定してて、なんだかもう頭の中が芸人づくしだったのです。僕は昔から芸人さんが大好きだし、お正月の朝はもうずっと『爆笑ヒットパレード』だし、タイムマシンがあったらＭＡＮＺＡＩブームの頃に戻りたいと本気で思っているし、女に生まれたら芸人の妻になりたかったし、何が好きって芸人さんがマイクに向かって駆けて来る、あの「走り」が好きなんです。あの「始まるぞ」って感じが。あの瞬間のために芝居を作ろう。松尾さん河原さん阿部くんのトリオが、なんかいろいろあって、最高の笑顔で走って来たら面白いなあ。多分。

おし！　寝る！　それから1年近くが経ち、3月のある日、いいかげん台本書かなきゃと思ってメモを読み返して愕然としました。

「なんかいろいろ」って、そこが一番大事なんじゃん。まあ、そんなもんですよ。いつも。

それとですね、いわゆる演劇好きな人の中に「芸人」とか「お笑い」とか「コント」というものを軽く見るというか、ハッキリ線を引きたがる風潮がある気がして、そういうのに対する苛立ちみたいなのも正直あります。「それじゃコントじゃん」とか「芸人じゃないんだから〜」みたいな言葉になぜか敏感な僕なのです。だってこないだ喫茶店でクタクタに疲れたサラリーマンが灰皿に砂糖をザーって入れて「あ、違った」って呟いたんですが、あれは30秒の良くできたコントでしたね。でも別にその人は芸人じゃないし。チラシに「笑い」について考えるみたいに書いたから誤解されたかもしんないけど、結局分かりませんでした、そんなに考えてないし。「笑いとは〜」みたいな堅っ苦しいのはヤだし。

笑いが分かってる人の「笑い」なんて、つまんないよ。

笑いが分かってる人の「笑い」なんて、つまんないよ。

2回言うとなんか説得力ありげに聞こえるでしょ。そうでもないか。

そんなわけで本日はご来場ありがとうございました。

登場人物

春子
ブック
センター

デミ・むーやん
ジュラク金城
大田下丸子
馬場麗子
万座莉奈
本宮桜

支配人
アキラ
秀樹
マイキー先生

上杉
勅使川原

フジロック
島村

ストリップ劇場『鴨《かも》ヶ《が》谷《だに》温泉町ＥＸ』楽屋（地下）。

下手に廊下。奥はステージに、手前は客席ロビーに通じる。

その間に調光室のドアがある。

ロビーから有名人の名前が入った花がズラっと並んでいる雰囲気（いかにもウソっぽい）。

上手に楽屋口から降りて来る階段。

高い位置に明かり取りの窓があるような。

部屋は畳敷きで、靴を脱いで上がる仕組み。

壁沿いに踊り子のメイク用の鏡が並んでいる。

冷蔵庫、ステージの様子が見えるモニターがあったりして。

上手の奥に衣裳部屋がある（カーテンで仕切られている）。


最終ステージ直前（時計は7時5分？を指している）。

踊り子のデミ・むーやん、ジュラク金城《きんじょう》、馬場麗子《ばばれいこ》、万座莉奈《まんざりな》、大田下丸子《おおたしもまるこ》。

それぞれの衣裳は全身網《あみ》タイツ、マリリン・モンロー風、スナイパー風ジャンプスーツ、テニスルックかブルマ？　襦袢《じゅばん》。

離れたところに、ハッピ着た世話係の男・春子《はるこ》。

遅れて来る、桜《さくら》（私服）。

気まずい間。

しばらくしてデミが春子に歩み寄る。

デミ　「……」
春子　「……（目のやり場に困る）」

デミ、いきなり春子をひっぱたく。

いきなり春子をひっぱたく、全身網タイツ姿のデミ
（春子：松尾スズキ、デミ：池津祥子）

大袈裟《おおげさ》に痛がる春子。

大田「だめ、その人、足悪いんだから」

デミ「はたいたの、顔。足関係ないっ！」

と足も蹴る。

さらに大袈裟に痛がる春子。

デミ「確認しましたよねえ、昨日。杉さん明日、何の日か分かってる？　って。はい、今日なんの日？」

春子「（考える）」

金城「ファン感謝デーだよ！」

春子「……（ああ！　という顔）」

デミ、春子の足を蹴って前方へ。

桜「……どうしたんですか？（と座敷に）」

馬場「パンツ乾いてないのよ」

壁沿いにパンツが干してある。

1ベルが鳴る。

デミ「アタシ、今日出ないよっ」
桜「（パンツ触《さわ》って）ひゃ」
馬場「デミ姐《ねえ》……」

春子、足を引きずりながらデミの傍《かたわ》らへ行き、身振り手振りで謝る。

デミ「当たり前じゃん。ファン感謝デーにホカホカの使用済みパンツ持って帰ってもらうの、これ、踊り子のプライドじゃん。こんなシオシオのパンツじゃ、モチベーション下がりっ放しじゃん」
万座「ていうか、どうなんだろう」
桜「何が？」
万座「本当にパンツは乾かないのかな」

一同、なんとなく万座を見る。

馬場「……なんか言った？」
万座「いえ、いいんですけど。ただ、ホントにパンツ乾いて欲しいって、みんな心の底から思ってるのかなって。だったら乾燥機使えばいいし、何か別のことで怒ってて、それをパンツの話で誤魔化《ごまか》してるんだったら、パンツの話してる場合じゃないっていうか、パンツ乾いたら、いよいよヤバいっていうか……なんか、私だけわかんないのかな、バカだから私、」

デミ「……（春子に）謝るなら声出しなよ！」

春子「すいません。（気づいて）わあ！」

デミ「わざとらしいんだよ！（突き飛ばす）」

金城「ノッポさんかよ！」

一同「（金城を見る）」

金城「（とくに自覚ない）」

馬場「あんたこそ何が言いたいの？」

万座「……え」

馬場「わかんない、全然わかんない」

アキラと秀樹が舞台から戻って来て。

秀樹「お先に勉強させていただきましたー」

万座、急にワッと泣き崩れる。

秀樹「なんで!?　勉強しちゃいけないの？」

アキラ　「どした の莉奈ちゃん、なんで泣くの？」
馬場　「なんでもないよ、ＡＶの現場じゃ毎回泣いてたんでしょ」
アキラ　「そういうのやめろってんじゃないスか！」
馬場　「そういうのやめろってんじゃないスか！」
アキラ　「真似《まね》すんなよ」
馬場　「真似しやすいんだよ」
アキラ　「……」
秀樹　「ＡＶとか舞台とか、もう関係ないでしょ、彼女頑張ってるんだから」
金城　「それは違うねい！」
デミ　「違わないよ」
金城　「ええっ？」
デミ　「今のは麗子が良くない、あやまんな」
馬場　「デミ姐……」
金城　「ソーソーリィ」
馬場　「（睨《にら》む）」
デミ　「あんたもすぐ泣くんじゃないの、立ちなさい、トップバッター」
万座　「ごめんなさい」
秀樹　「終わったら温泉入って来るといいよ。疲れてんだよ、きっと。でも、あんまり長く入ると湯あたりしちゃうから、」

春子、万座に近づき両肩を抱いて立ち上がらせ、慰めると見せかけ、いきなりビンタ。

デミ「……なにしてんのよ！」
春子「……?? (キラキラした顔)」
馬場「え？　なんで？　なんで今の流れでアンタがビンタ!?」
春子「……!! (事の重大さに気づく)」
馬場「全然意味ない暴力じゃん」
桜「支配人〜〜〜」

春子、慌てて花の間に隠れる。
支配人、目を真っ赤に泣き腫《は》らして調光室から現われる。

支配人「うん？」
桜「杉さんが……莉奈さんをひっぱたきました」
支配人「うん」
桜「なんで……香盤《こうばん》変えたほうがいいと思うんですけど」
支配人「うん」
デミ「アタシ出るよ、みんな1個ずつずれればいいよね」

踊り子たち、デミを見たあと、なんとなく大田を見る。

デミ「あと5分、押して下さい」
支配人「うん」

と涙を拭きながら戻ってゆく。

馬場「……なんか、泣いてなかった?」
桜「……きゃあ!」

春子、出てきて、花に付いてる名札で桜を殴ろうとするので。

デミ「やめなさい、バカ!」
春子「(我に返る)」
デミ「考えなさいよ、自分の立場を。元はと言えば、アンタがパンツをね、」
アキラ「杉、お茶」
春子「……(お茶の準備)」
デミ「まだ話、終ってない。あんた、ここ来て何年よ、」
馬場「(アキラに)どうなの、今日?」
アキラ「んん、まあそこそこっすなー、」
デミ「(春子に)3年よ、少なくとも3年前にここ来た時いたもんね、」

馬場「ぜんぜん笑い声聞こえなかったんですけど、」
アキラ「(小声) うっせえな前説はあんなもんなんだよ、」
馬場「ああ!?」
アキラ「ネタはどっかんどっかん行きますよ、早くお茶! (イライラ)」
馬場「またテンパっちゃったんでしょ」
秀樹「えへへ」
アキラ「お茶あ!」
デミ「(春子に) しっかりしなよ。アンタだってヤでしょ、こんな年下の、アミアミの女に説教されてさ、複雑でしょ。私はもっと複雑よ」
秀樹「ついでに僕もいいですか? これ、杉さん? 書いたの (と花の名札を拾う)」
春子「(首を傾げる)」

看板に「杉村春子」の文字が見える。

デミ「ちょっと今、アタシが話してんの」
秀樹「死んだ人の名前書いたらウソばれちゃいますよ」
アキラ「早くしろよ! (と何か投げつける)」
デミ「うるさいチビッコがいるねえ!」
秀樹「ほんとだよ、自分でやってよ」
アキラ「なんスか、(逃げ回りつつ) 弟子にお茶入れさせて、何が悪いんスか」

デミ　「弟子？（春子を見る）」
アキラ「今日からそいつ、オレの弟子なんスよ。なー」
秀樹　「昨日、ハサミ将棋で負けて、弟子入りしたんですって」
春子　「（へへへ、という顔）」
金城　「だったらアンタが教えなさいよ、パンツの洗い方、お茶の入れ方、こいつに、師匠なんでしょ？」

春子、お茶っ葉を茶碗に入れる。急須にも入れる。ポケットに入れるなど、さんざんボケて、お湯を注ごうとするが、ポットにお湯が入ってないとわかると、諦めて当然のようにポットの横に置いてあったバナナを食べて、溜息をつく。
デミ、それを見届けて、代表してひっぱたく。

春子　「……‼（我に返る）」
馬場　「ねえ、杉さん、私のバナナどこ？」
春子　「……（キラキラした顔）」
馬場　「何してんの？　それ、夜のステージで使うんだよ！　『食べるな』って紙、張っといたじゃん！　マジかよ！」
春子　「……（もっとキラキラ顔）」
馬場　「そんなキラキラした顔してもダメだよ、買ってきてよ！」
春子　「これ食ったら行くよ」

馬場　「それ食ってることが問題なんだよ」
デミ　「早く行きなよ、バカ！　叩くよ！」

春子、わらわらと出て行く。

デミ　「……もうやだ、あの人と話してると、自分がどんどん嫌な奴になっちゃう気がする」

客席側から旅支度の振付師・マイキーが現われる。

マイキー　「は〜、間に合った。今日も客席は珍しいキノコでいっぱいよ！　もー、わんわん」

女は愛想笑い、男はウンザリして支度部屋に退散。

マイキー　「（外に向かって）どうぞ〜」

背広姿の男・青山（センター）が入ってくる。
一同、誰だろうと思いつつ声はかけない。
マイキーは、荷物を置いて上着脱ぎながら柔軟体操。

センター　「すいません、女臭いでしょ。アラやだ、5分押し？　5分押しの5分前？　の5分

「それ食ってることが問題なんだよ」
（馬場：猫背椿）

押し？」

桜「今また、5分押しました」

マイキー「5分押しの5分押しの5分前？　の5分押し？　ああ、5分がいっぱい！　あにょ〜しょこ〜」

センター「あ、邪魔ですか？（とよける）」

マイキー「すいませ〜ん、ダンシングスペースなの、」

デミ「マイキーせんせ、曲の頭がどうしても乗れないの」

マイキー「じゃあ、振付ぜんぶ変えましょ」

デミ「え？　5分で!?」

マイキー「むーやんなら、大丈夫。新人も見とけ、勉強だから」

桜「はい！」

以下、マイキーの振付が始まる。

マイキー「3・2・1・はい。（例えばこんな）甘栗、甘栗、むきました、恋人、恋人、むきました、電話〜ぐらい、できたでしょ？　電話〜ぐらい、できたでしょ？　パンツに手をかけ、下にまいりマ〜ス、上にまいりマ〜ス、ゆっくり座って、蔵原《くらはら》の女将《おかみ》でございます。大成功。今年の干支《えと》は、マンコー！　マンコー！　見てマンコー！」

デミ「……（混乱）」

センター「……ストーリー仕立てなんですね」

「甘栗、甘栗、むきました、恋人、恋人、むきました」
（マイキー：宮崎吐夢）

桜　「覚えやすいです」
マイキー　「だってマイキー、大学のミュージカル科、出てんのな」
デミ　「（自分とマイキーを交互に指し）同級生」
センター　「ああ……（目のやり場に困る）」
マイキー　「困ってるう！　わんわん」
大田　「（立ち上がる）」
万座　「姐さん、ほんとにトリでいいんですか？」

一同、なんとなく大田を見る。

大田　「やあね、もう何ともないんだから、」
マイキー　「行きますよぉ、甘栗、甘栗……」

電話、鳴る。
デミ、息を呑む。
何となく顔色をうかがう踊り子たち。
大田、調光室へ。
万座、出て。

万座　「もしもし（緊張がとける）……はい、楽屋です、え？　青山さん？」

センター「あ、僕……（と、受話器を受け取り）ああ、ごめんごめん、地下にいるもんで携帯切ってた、今どこ？」

万座「（小声で）誰？」

マイキー「（聞いてない）電話～ぐらい、できたでしょ、もっとプンプンして（とか指導しつつ）……パンツに手をかけ、下にまいりま～す、ってあんた、パンツ履いてないじゃん！」

言い忘れたがデミ、アミアミのタイツの下はノーパン。

デミ「げっ！」

マイキー「毛ぇ、出しっぱじゃん！　何、フサフサしてんのさ！」

センター「（受話器を押さえ）私も注意しようと思ったんですよ」

デミ「どうすんの、これ!?　いきなりクライマックスじゃん！」

音楽、大音量で流れる。

デミ「きゃあ！　押して！　5分押し！」

金城「デミ姐、パンツ！」

支配人の声「さあ、涙、涙の本日最終ステージ、トップバッターは当鴨ケ谷温泉町EXのセクシー爆弾！　デミ・むーやんのステージです、GO、GO、GO、GO～～～」

センター「デミ・ムーア、つった？」

デミ　「むーやん」
マイキー　「もー、行ってこい！（尻を叩く）」
デミ　「アハハハ〜〜ん（泣き笑い）」

デミ、パンツを足首に引っ掛け、泣きながら舞台へ。

マイキー　「（ステージ見ながら踊る）甘栗、甘栗、むきました、恋人恋人、むきました、電話〜ぐらい、できたでしょ、そう、電話〜ぐらい、できたでしょ、プンプン、パンツに手をかけ、履いてな〜い、から破いちゃえ、ナイス・アドリブ！　ホー！　ゆっくり座って、蔵原の女将でございます。大成功！　今年の干支はマンコー！　マンコー！　見てマンコー！」

と、思いっきり大股開き。
ちょうど入って来た本宮（ブック）と目が合う。

ブック　「……」
マイキー　「……（息荒い）」

センター、壁のモニターのツマミOFFに。

ブック　「……青山さあん」
センター「おお」
ブック　「やっぱ、帰るわ」
センター「うん、気持ちはわかるけどさ」
ブック　「だいたい、何なの？　今さら話すことなんか、何もないんスけど」
センター「ないよ、ないけどさ、顔だけでも見て行こうじゃんて話よ」
馬場　「……ブックだ」
ブック　「（睨んで）とりあえず、向かいのサ店にいるわ」
センター「ああ、オレも行く」

ブック、出て行く。

馬場　「あの、今の、本宮ブックですよねえ」
センター「え？　ああ、そうね」
マイキー「え？　だれ？」
馬場　「知らないの!?　本宮ブックじゃん」
万座　「缶コーヒーのＣＭとか出てる人」
マイキー「（思い当たり）ああ！　どっかで見た顔だと思ったら、ここにいる」

カレンダーにブックの顔（缶コーヒー持ってる写真）。

万座　「え、なんで!?　見にきたの？」
金城　「芸能人はストリップなんか見ないよ」
マイキー　「まだその辺にいるよ多分、本宮く〜ん、わんわんわんわん……」
センター　「あ〜、ちょっとダメダメ」

舞台側に走っていくマイキーを追うセンター。

万座　「うそ！　じゃあ、さっきの電話も？　うそ！　なんで？」
馬場　「あ〜ん、アタシが取れば良かったぁ」

マイキーとセンター、戻って来て。

マイキー　「わんわんわん、舞台出ちゃった、舞台出ちゃったじゃないの」
センター　「待ちなさい、オバサン！　みたいな、お兄さん！」

マイキーとセンター、客席側に走っていく。
馬場と万座、座敷に戻りながら。

万座　「……わあ、生で見ちゃった、ブック」

馬場「ねー」
万座「でもなんか、ヤな奴っぽくなかったですか？」
馬場「しょうがないよ、芸能人だもん、」
万座「ていうか、私、別にファンじゃないんだよな、よく考えたら」
馬場「私もー。何となく見ちゃうけど、大して面白くないよね」
万座「そうそう、ツッコミとか直球だし、こないだ、大仁田厚《おおにたあつし》に『バカ』ってツッ込んでた」
馬場「それ、ツッコミじゃなくて否定」
万座「まー、そのあと、殴られて耳、水餃子んなってて笑ったんですけど」
馬場「自分のことちょい可愛いと思ってる感じが、ムカつくよね」
万座「あー、ね、キャラがね、でも、生で見ちゃったぁ」
馬場「むかし、２人組だったよね」
万座「え？」
馬場「知らない？　お笑いスタ誕とか出てたんだよ」
万座「コント？」
馬場「漫才？　家族旅行するやつ、え、知らない？　『君ってバカでぶ～ん』」
万座「全然知りません」
馬場「（金城に）知りません？　『君ってバカでぶ～ん』。２、３週勝ち抜いて、片っぽの人が確か円形脱毛症んなって小説書いたのは、ＡＢブラザーズか」
万座「あ～あ、東京帰りたい（横になる）」

馬場「アンタは帰れるよ〜、ビデオからのファンもいるし」
万座「一人だけですよ」
馬場「うそ、ウェッティだけ？」
万座「ウェッティがすごすぎて、他が引いちゃって。今日も来てるかも」
馬場「……さっき、ごめんね」
万座「え？」
馬場「別に、アンタのこと嫌いじゃないんだけどさ、キャラ的にあーいう感じになっちゃうんだ、ほんとゴメン」

金城、頷きながら見ている（ものすごいメイク）。

万座「2人しか要《い》らないってのも酷《ひど》い話ですよね」
金城「しょうがないさ、東京じゃあ昔っからのハコがバタバタ潰《つぶ》れてんだ。私らみたいな昔気質《かたぎ》な踊り子は、田舎に追いやられるって寸法さぁ」
馬場「……」
金城「（桜に）新宿の劇場が2人だけよこしてくれって、今日、電話かかってくる手はずになってんだ。だからみんな、ソワソワしてんのさぁ」
馬場「……顔、塗りすぎじゃないですか？」
金城「そうかい？」
万座「あと、ホクロ大きすぎ」

金城　「まあねえ（直す）」
万座　「大人しいね」
金城　「まあねえ」
馬場　「大人しいね」
桜　「そんなことないです」
万座　「桜ちゃん、どうする？　東京行く？」
桜　「私は地元だから」
万座　「そっか」
馬場　「……ええっ⁉」
桜　「実家、ここから歩いて3分なんです、橋渡ってすぐ」
馬場　「地元で脱ぐか？　普通」
桜　「私、人見知りだから」
馬場　「や、そういう問題じゃないね」
万座　「ほんとにトリでいいのかなぁ」
馬場　「丸子姐さん？」

万座、甘栗食べつつ。

万座　「ろくなことないですよ〜。聞いた話だけど、年末のショーで、縄ほどけなくなって、」

馬場「1月4日の朝まで舞台に置き去りにされたって話でしょ？」
万座「そうそう、何で知ってるの？」
馬場「私が言ったんじゃん」
万座「ああ」
馬場「それ（甘栗のこと）、中国人がむいてるって知ってた？」
万座「ああ、どーりで」
馬場「……え？　どおりで、何？」
万座「誰か言ったげたほうがいいですよ〜、SM向いてないって」
馬場「あんた言いなよー」
万座「私は言えないですよー」
馬場「誰も言えないよね、別に、誰かに頼まれてやってるわけじゃないし」
金城「（電話をかけて）私だ私、ナポリタン大盛り、（万座たちに）食うかい？」
万座「バナナ、遅いですね」
金城「大至急頼むよ」
馬場「ほんと、自分で行けば良かった」
桜「麗子さんは大丈夫ですよ、武器があるから」
馬場「え？」
桜「（顔を歪《ゆが》め）マンコでバナナ切ったり、（顔歪め）マンコでダーツやったり」
馬場「そういう武器か」
桜「すごいと思います、（顔歪め）マンコに筆はさんでマンコで字い書いたり。あれも、マンコで書いたんですよねえ」

壁に毛筆で書かれた字「咲き誇る野薔薇の如く・馬場麗子」。

馬場　「昔の話だよ……あの頃は、何でもできると思ってたあ。てか、なんでマンコて言うとき、そんなイヤそうな顔になるの？」

桜　「（鏡見て言う）マンコ、ほんとだ！」

馬場　「このハイテクの時代に、マンコで字書いてる場合じゃないよ、」

万座　「じゃあ、メール打てば？」

桜　「いいかも、携帯、マンコに突っ込んで、ブラインドタッチで」

馬場　「……それはさすがに無理、ていうか、圏外だと思う」

万座　「アンテナ出しとけば大丈夫ですよー」

馬場　「もうやめよ、こんな最低な会話、悲しくなってきた」

万座　「ほんとですよ」

調光室から大田が顔出して。

大田　「もう、マンコいいかしら？」

馬場　「聞いてたんですか？」

大田　「支配人からお話あるから、アキラくんたち呼んできてくれる？」

桜　「はい」

大田、支配人の手を引っ張って連れてくる。
支配人、泣いている。
桜、衣裳部屋へ行き、アキラと秀樹を呼んでくる。
センターとマイキーも戻ってくる。
そのどさくさで、風呂上りの春子がバナナを食べながら階段を降りてくる。

大田　「さあ、支配人」
支配人　「……うん」
馬場　「ちょい、その前に……おい待て、こらぁ!!」
アキラ　「(出て) なんすかぁ?」
春子　「?? (きょろきょろ)」
馬場　「こっちだよ……なんかアタシに、言うことない?」
春子　「(考えて) 結構な湯加減でした」
馬場　「そうじゃない！　そうじゃないだろ?」
春子　「(キラキラ)」
馬場　「キラキラしたってダメ！　ちょっと思い出してみようよ、ねえ、アンタは何しに外、出てった?」
春子　「……ば、バナナを買いにいきました」

馬場　「そうだねえ、バナナを買いにいったねえ、で？」
春子　「バナナを買わなきゃ、と思いました」
馬場　「そりゃそうだ、で？」
春子　「外に出たら、こう、湯気がモォワ〜」
馬場　「ああ、温泉だ、共同浴場あるからねえ、で？」
春子　「わあ、温泉だあ」
馬場　「温泉、好きだもんねえ」
春子　「温泉だあ（服を脱ぐマネ）」
馬場　「ああ、脱いでね」
春子　「……温泉だあ（温泉につかるマネ）」
馬場　「ああ、気持ちイイね」
春子　「あ〜、温泉だ（出るマイム）」
馬場　「ああ、湯あたりしないようにね」
春子　「（出て）……あ！」
馬場　「そうだ、共同浴場の斜め向かいは生協だ。果物《くだもの》屋があるよ、果物屋と言えば？」
春子　「……温泉だぁ」
馬場　「あ、湯冷めしたんだね」
春子　「……温泉だ」
馬場　「湯あたりしないようにね」
春子　「……あ！」

馬場「そうだ果物屋だ、バナナだ、いらっしゃい！」
春子「温泉……」
馬場「のぼせるよ！（腕つかむ）もうちょい待って、（春子に）ほら、バナナ見て、誰かの顔、思い出さないか？」
春子「……おかーさーん」
馬場「アタシだよ！　アタシの顔！」
春子「バナナ１本」
馬場「はい、35円」
春子「領収書」
馬場「はい、35円」
春子「は〜、バナナ食べたいなあ、でも食べたら怒られるんだろうなあ、でもバナナ大好きなんだよなぁ、あ、犬！　犬ぅ〜犬ぅ〜犬ぅ（しゃがんでバナナむいて）……ほい……美味《おい》しいのに（食べる）」
馬場「あ〜、犬がね、食べないから、自分でね」
春子「へへへ（頭かく）」
馬場「てか、温泉入っててんじゃねえよ!!（蹴り）」
センターとマイキーの足元に飛んで来る春子。
支配人、馬場にすがりつき。

支配人　「やめようよ、杉さんいじめても、損するだけなんだから」
大田　「そうよ、足、悪いんだから」
馬場　「関係ない、足、関係ない」
センター　「兄《にい》さん」
馬場　「え？」
センター　「迎えにきたぞ、兄さん」
マイキー　「ちょっと、どういうこと？」
大田　「この人の弟さん？」
センター　「いえ、マネージャーです（と名刺を渡す）」
一同　「……」
センター　「兄さんと言ったのは、芸人時代の名残りでして」
馬場　「え、こいつが芸人？」
センター　「こいつ？」
馬場　「え……」
センター　「おまえ、さっき、兄さん蹴ったな」
馬場　「だって、こいつ、おまえ？」
センター　「蹴ったことが悪いとは言《い》いません。ツッコミのパターンとしては古典中の古典だ。兄さんを蹴ることで兄さんを活かし、同時に暴力という非道な行為によって第三者が受けるであろう悪印象を凌駕《りようが》するに足る笑いを喚起させるという目論見《もくろみ》があり、蹴られる側に対してすべてのリスクを背負う覚悟があれば、おまえの蹴るという行為自体は間違ってはいない、」

馬場「おまえ？」

支配人「ん？　ん？　今、何が起こってる？」

センター「問題は、蹴る側の状態によって、呼吸や力加減が変わってしまうということ、愛情が先行しても、」

　センター、馬場を蹴る。

馬場「痛い！」

センター「怒りが先行しても、」

　センター、馬場を強く蹴る。

馬場「痛いよ！」

センター「笑いに転化されず後味の悪さだけが残る、」

大田「ちょ、ちょっとやめなさいよ。出番前なのよ。痣《あざ》になったら、」

春子「（立ち上がり）さらに重要なのは、蹴られる側の反応である、」

一同「えっ？」

春子「自分が蹴られると察知してしまった者は、」

春子、馬場を蹴る。

馬場　「痛っ」

春子　「と、すでに予定調和的かつ陰湿な行為に対する非難の色が加わり、笑うには複雑すぎる反応を示す、一方、蹴られることを予想していない者は、」

春子、マイキーを蹴る。

マイキー　「おお」

春子　「と、新鮮かつ素直な驚きを示し、第三者は彼の心の揺れを想像して笑う、しかし2回目となると、」

春子、マイキーを蹴る。

マイキー　「あうっ！」

春子　「このように、ウケを狙う傾向に走る。これは蹴られることで笑いが生まれることを知ってしまった人間の悲しい習性である、さらに、」

春子、蹴る。

マイキー　「(尻を硬くして耐える)」
春子　「3回目となると、もはや笑いから最も遠い、言うなれば悲劇的な表情になる。今、自分は晒《さら》しものにされてるのではないか？　という疑問がわいてしまった顔だ。これでは、石を蹴ったほうがまだマシである。つまり……いちばん面白いのは1回目」
マイキー　「何回蹴ったよ！」
秀樹　「(思わず) 勉強させていただきました」
アキラ　「勉強してんじゃねえよ、つーか、お茶ぁアーーーーーーーー！」

センター、予測不能な攻撃でアキラをねじ曲げる (気功)。

秀樹　「……今、何した？」
センター　「変わってないなあ、兄さん！」
支配人　「変わってないのか？」
万座　「短い時間ですごく変わった気がするけど」
春子　「(向き直り) 初めまして、杉村春子でおま」
万座　「やっぱ、変わってないや (安心)」
センター　「素性《すじょう》を隠してたんだね、兄さん。いやさ、伝説の喜劇王、杉村春子」
一同　「ええ!?」
センター　「喜劇王に驚いたの？　それとも、名前に驚いたの？」
馬場　「……まず名前、何？　杉村春子って」

春子　「本名です」
一同　「ええっ⁉」
春子　「女なんです」
一同　「ええっ⁉」
春子　「（チンチンはさんで）女になっちゃうよぉ」
センター　「あの、ツッ込まないとボケ続けますんで、」
春子　「何しにきた」
センター　「兄さん……」
春子　「10年以上放ったらかして、今さら何しにきた」
センター　「……放ったらかしたのはそっちじゃないか、こっちはマネージメント契約を継続させるので精一杯だったんだぞ、ちきしょう（涙）、兄さん、兄さん、兄さん」

と、春子の頭・顔などを揉《も》みくちゃにする。

支配人　「あの、あのさ、（名刺見て）青山さんかい？」
センター　「はい」
支配人　「2人の再会物語に、僕らも混ぜてはもらえないかな」
万座　「支配人、話があるんじゃ、」
支配人　「いいの」
大田　「支配人……」

支配人　「だって悔《くや》しいじゃない、私なんか、人間と人間が10年振りに会うってだけで、もう泣けちゃうわけ（涙）」
馬場　「じゃ、もういいじゃん」
支配人　「よくない！　もっと泣きたいの」
金城　「ミー・トゥーだよ（振り返り、号泣）」
万座　「顔ぐちゃぐちゃ！」
支配人　「さあ、座って、話して、アキラ、お茶入れて」
アキラ　「オレぇ〜〜？」
センター　「ステージ、大丈夫ですか？」
支配人　「ああ、明かりなんか、ついてりゃいいんですよ、あんなもの。秀坊、ミラーボール回しとけ」
マイキー　「次、誰？」
万座　「はい」

秀樹、調光室へ。
アキラはお茶を入れる。
万座とマイキーは振付のチェック。

支配人　「まず、免許証見せてもらおうか」
大田　「なんで？」

「ミー・トゥーだよ」
（金城：伊勢志摩）

支配人「や、まず、名前の問題をクリアにしようと。違う？」

春子、財布から免許証を出す。

馬場「てか、免許持ってることにビックリなんだけど」
支配人「(見て) ほんとだ、春子 (って書いてある)」
センター「両親が、女の子だと思ったらしいんです。母親のお腹の中で、ずっと、チンコ股にはさんでたらしくて。まあ、生まれる前からひとつボケたってことですか？」
アキラ「ああ、『男かよ！』みたいな」
春子「(チンコはさんで) 女に……」
センター「もういいよ (けっこう残酷なツッコミ)」
支配人「すまなんだ (土下座)」
センター「どうしました」
支配人「や、面接したとき、履歴書に『杉村春子』って書いてるから、アタシ、この人に説教したの……すまなんだ」
春子「改めまして、杉村春子です」
支配人「支配人です」
秀樹「じゃあ、これ自分の名前？ (と花の名札見る)」
センター「実はここ来るの、初めてじゃないんですよ」
支配人「え？」

センター　「覚えてたんだな、兄さん。まだTVとか出だす前、ここで営業やって、帰りに温泉つかりにいったらまだ温泉わいてなくて、しょうがないから3人で知らない人ん家《ち》のお風呂入れてもらってな」

馬場　「3人?」

センター　「飯まで食わしてもらってな、不味《まず》かったな。兄さん、ウマいウマいって食ってるから黙ってたけど、味噌汁にカマキリ入ってたんだよ、ビックリしたよ」

馬場　「え?　3人て?」

センター　「ブックなんか、悔し泣きでさあ。いつか、お寿司！　いつか、ピザ！　ってな」

馬場　「うそお！　この人が?　ブックと?　あの、家族旅行の?」

春子　「君ってバカでぶ～ん」

馬場　「わあ、そうそう、これこれ！」

万座　「やっぱ、ぜんぜん知らない」

アキラ　「ブックって、本宮ブック?」

万座　「さっき来たんだよ、ここに、」

アキラ　「マッジッスっかっ（パニック）」

春子　「……ブックが来てるのか」

センター　「や、違うんだ」

春子　「ブックが来てるのか！」

センター　「だ、だって、先に言ったら兄さん、また、ホラ、逃げるだろ、」

走り出す春子を気功でねじ伏せるセンター。

春子「ア〜〜〜〜〜〜〜〜〜〜〜〜〜〜」
支配人「さっきから何なの？　それ」
金城「気功だね」
支配人「そんなことはわかってるよ」
春子「アイツにだけは……会いたくない!!」

電話の音。
一同、また構える。
支配人、出る。

支配人「……もしもし、」
万座「あのお」
マイキー「なによ」
万座「デミ姐さん、終わっちゃう」
マイキー「(モニター見て) やだ！　モニター切ってるから、わかんなかった」
支配人「切れた (受話器置く)」
マイキー「パンツ履《は》いてる？　ほら、行ってこい！」

調光室から、秀樹がマイクを引っぱってくる。
マイキー、モニター入れる。
音楽、大音量で流れる。
万座、舞台へ。

支配人「（マイクで）さあさ、続いてはお待ちかね、AV女優を経て、今やストリップ界のスーパーアイドル、そうです、万座莉奈ちゃんの登場でございます、GO、GO、GO……」

客席側から、ブックが携帯電話を片手に入ってくる。
春子、立ち上がる。
一同、息を呑む。
マイキーだけ、踊り出す。

マイキー「（例えば）ユアン、ユアン、マクレガー、いやん、ばかん、マクレガー、先輩、ホッケ焼いたんで食べてください、先輩、ホッケ焼いたんで食べてください。ブルマ食い込め、食い込めブルマ、私、沖縄生まれでございます。サーターアンダギ〜、大成功！　万座ビーチでマンコー！　マンコー！　見てマンコー！」

またも、大股開き。

センター、モニター切る。

ブック「(激怒) なんなんだ、コイツはよぉ!!」
センター「いや……お前のタイミングが」
ブック「春子……」
センター「ブック……」
デミ「ちょっとゴメン」

衣裳をビリビリに裂かれたデミが、バスローブを着ながら戻ってくる。

デミ「あ、お先。ちょっとオッサン、ビール出して、もうやだ。町長、また舞台に上がってきちゃって……え? 何? え? 誰? ちょっとオッサン、ビールつってんだろ! (と足で促す)」
春子「……ぎゃああああああああ!」

春子、ブックの登場にものすごく動揺して、慌てて何度も壁にぶつかりながら座敷に。

金城「……芸人さんだねぇ (感心)」
センター「おまえ、兄さんを蹴ったな」
デミ「おまえ?」

馬場　「デミ姐、逃げて！」

センター、デミの網タイツをさらに破く。

ブック　「やめろよ、みっともねえぞ」
センター　「……ふぅ、ふぅ、」

一同、口々に「ブックだ」「ブックよ」「ブックでしょ？」と小声で言いあう。

アキラ　「（オレが行くという感じで）あのぉ、失礼ですけど、本宮ブックさんですよね、」
デミ　「ブック？　あら、ホントだ！　握手して」
ブック　「（握手しつつ）何してんの？　青山さん、」
デミ　「別に、ファンじゃないんだけどね」
アキラ　「おい、秀《ひで》。（前に回り込み）あの、自分ら、ちょっとだけ、ブックさんの番組でリポーターやったんスけど、」
秀樹　「覚えてないよ。ブックさんスタジオで、自分らは雪祭りの会場で氷抱《だ》いてたんだから」
アキラ　「相方っス、自分ら、『ハミ出せボーイズ』って名前でぇ」
デミ　「ねえねえ、（芸能ゴシップ）〇〇と××って付き合ってんの？　ショックなんだけど」
ブック　「ねえ、何してんの？」

アキラ「良かったらネタ見てもらってな、気に入ってもらえたらな、」
秀樹「また氷抱かせてもらってな、」
２人「『ハミ出せボーイズ』のぉ！」
ブック「何やってんだよ!!」

ブック、サングラスを投げつける。
春子、冷蔵庫の陰に隠れてセンターを手招き。
以下、異常な緊張状態で会話が進む。

センター「ん？　ん？」
春子「(耳元で囁く)」
センター「(代わりに) 久し振りだなぁ、ブック、また太ったんじゃねえのか？　って」
ブック「(別のサングラスをかけ) 質問に答えるように言ってもらえますかねえ、青山さん、」
センター「兄さんはここで何してるかって」
春子「(囁く)」
センター「まあ、そう、せかすなよ、ご覧のとおり何とか生き延びてる、女と酒にゃ不自由してねえ、風来坊のオイラにゃ、お似合いの町さ、」
馬場「そんなふうに言ってるようには見えないけど」

春子、デミが持っている缶ビールを奪い。

「質問に答えるように言ってもらえますかねえ、青山さん」
（ブック：阿部サダヲ）

デミ「おい、何だい」
春子「(耳打ち)」
センター「ここじゃ、オイラの流儀に従ってもらうぜ。バーボンでもやりながら昔話をするもよし、これはジムビームじゃない」
デミ「発泡酒だよ」

春子、缶ビールを何度も振ってブックに渡すように促す。
ブック、受け取り、仕方なく開ける。
ビールが勢いよく噴き出し、それを見て春子は大喜び。

ブック「……青山さん、これが最後だ。マジメに答えられないようなら、さっきの話はなし。いいか、彼は何をしているのだ!」
センター「(春子に)兄さんは、」
ブック「聞こえてんだろ」
春子「(囁く)」
センター「……」
ブック「なんだよ」
春子「オレは、ここの支配人だ」
一同「(え!?)」

ブック　「そうなんですか？」
支配人　「え？　うん」
大田　「ちょっと、」
ブック　「なるほどね。じゃあ、支配人に伝えてくれ、妹は今日限りここを辞《や》めるってな！」

ブック、突然、桜の腕をつかんで引っぱる。

ブック　「来い！　来い！　来い！　来い！　来い！　来い！　来い！　来い！」
桜　「離して！　離して！　離して！　離して！　離して！　離して！　離して！」

座敷を引きずりまわすブック（何度も足を取られながら）。
あまりの剣幕《けんまく》に、誰も手が出せない。
最終的に、桜、なんとか手を振りほどき、春子の後ろに隠れる。

ブック　「てめ、何考えてんだよ！　てめ、何、地元で脱いでんだよ！　てめ、なんで地元でストリッパーなんだよ」
桜　「お兄ちゃんなんか、大っ嫌い！　お兄ちゃんなんか、大っ嫌い」
馬場　「……え、兄妹？」
ブック　「てめ、幾つだよ！　まだ16だろうが！」
一同　「うそぉ！」

金城　「今日はビックリすることが多いねえ（感心）」

馬場　「姐さん、黙ってて」

ブック　「頼むよ、桜よぉ、母ちゃんが生きてたらどう思うよ」

桜　「父ちゃんは、いいって言った」

ブック　「あんなヤツの言うこと、聞いちゃダメだ！　桜よぉ、学校行けよ、部とか入れよ、『ちょだり〜んすけど』とか言ってサボってもいいから入れよ、部、何部でもいいよ、登山部入って『山だり〜んすけど』とか言えよ、女子陸上部入って『ハンマーだり〜んすけど』とか言やあいいじゃん、でもなあ、桜、女子ストリップ部は、ねえぞ！」

桜　「桜、もう、お兄ちゃんの知ってる桜じゃないよ！」

ブック　「なにぃ？」

桜　「支配人と付き合ってるの」

ブック　「……なー」

一同、支配人を見る。

支配人　「いや、今、ぼくじゃないでしょ？」

春子　「???」

春子、ぎこちなく桜を抱きしめる。

ブック「あー、もう我慢ならねえ！」
桜「来ないで！」
ブック「こっち来い、桜ぁアーーーーーーー!!」

殴りかかろうとするブックを気功で捻じ曲げるセンター。

支配人「それやめようよ、気味悪いよ」

桜、春子を突き飛ばし出ていく。

ブック「桜ぁ〜〜！（動けない）」
春子「……あれ、コイツの妹なんだぁ」
センター「やめろ、兄さん」
春子「そうなんだぁ……へえ、そうなんスかぁ（悦《よろこ》びが込み上げる）」
ブック「……そんなに可笑《おか》しいか」
春子「悪いけど、今まで見た君のボケんなかでいちばん笑えるわ」
ブック「……あ、そう。そんなアンタは、何やってんだよ!!」
センター「だから、支配人だって。良かったな、立派にやってってな」
ブック「支配人が踊り子のパンツ洗うのか」
センター「見たんだ、来る途中……外で兄さんがパンツ洗ってるの」

春子　「……」
ブック　「なんでだよ、なんでここで働いてんだよ」
春子　「……地元だから」
ブック　「ああ、地元だよ。オレのな！」
春子　「(キラキラする)」
ブック　「ここ、オレの地元じゃん。あんた、ここじゃねえじゃん！　大阪のほうじゃん！
なんでオレの地元でアンタが、パンツ洗ってヘラヘラしてんだよ！」
春子　「それはツッコミ？」
ブック　「あ？」
春子　「ここ、オレの地元じゃん！　て、それツッコミ？」
ブック　「……ダメだ」
春子　「そーいうボケではあったんスけど、今のツッコミで、落ちた？　ねえ、センターくん、『ここ、オレの地元じゃん』で落ちたんかな。3年4か月、相方の地元で働きつづけた僕のボケは、報《むく》われたんかな」
センター　「……報われたよ」
春子　「(周囲見て) 笑ってないんですけど」
センター　「斬新《ざんしん》すぎたんじゃないかな、兄さんは、いつも時代の1歩半先にいるから」
春子　「違うね。ツッコミが甘かったんだね。TVサイズのツッコミじゃあ、僕のボケは拾えませんよ、」
ブック　「嫌がらせじゃねえか、相方の実家の近所で醜態《しゅうたい》さらしてさあ、」

春子　「僕はＴＶを飛び出して、日本列島を舞台に大ボケをかましつづけてるわけ、」
ブック　「マスコミの奴が見つけたら、『ブックは相方を見捨てた』って騒ぎ立てんだろ、面白がって取材とか来んだろ」
春子　「僕は君と違って、マスコミ大嫌いやさかいに、」
秀樹　「大阪弁」
春子　「とにかく、僕は僕で忙しいんや、邪魔せんといて欲しいわ！」

春子、わらわらと靴を履いて、階段を三段抜かしで駆け上がり出ていく。

センター　「どこ行くんだよ」
春子　「バナナ‼」
馬場　「そうだ、忘れてた」
支配人　「青山さん……また、ドラマに乗り遅れてしまった感があるのだけれど、」
センター　「話せば長いんですが、もともとは、」

春子、バナナを持って、階段を三段抜かしで降りてくる。

春子　「バナナ！」
センター　「早っ！」
馬場　「やれば、できんじゃゃん」

春子、ぷんぷん怒りながら、衣裳部屋へ籠《こも》る。

秀樹　「あ、」

センター　「もともとは、僕ら、専門学校で知り合って、コンビ組んだんですよ。最初は『青山ブックセンター』って名前で」

ブック　「灰皿」

センター　「ところが、2人ともネタが書けなくて、大阪でピンでやってた春子兄さんに声かけたんです。当時、なんかこう、爺婆《じじばば》相手にシュールな漫談みたいのやってて、な」

ブック　「『カッコいい進路相談』とか、『カッコいい免許の書き換え』とかな、全然伝わってなかったな」

センター　「それで3人でやろうってことで、『青山ブックセンター』が『春子ブックセンター』になってな、」

デミ　「え？　何？　本屋？」

マイキー　「あとで、」

センター　「初めて3人でつくった家族旅行のネタで、」

春子の声　「カッコいい家族旅行や！」

センター　「そうそう、『カッコいい家族旅行』な。劇場出たり、こちらに来たのも、その頃です」

支配人　「覚えてなくて、すまなんだ」

秀樹とアキラ、先を争って灰皿を持ってくる。

センター「僕はまあ、半年ほどで自分の限界に気づきまして、マネージャーに転身したんです、」
ブック「この人、マジメだから、ツッ込まれるといちいち落ち込むんスよ」
センター「(苦笑) とにかく仕事取って来て、まあ、兄さんも最初は文句言いながらもやってたんですが、」
春子の声「あんなもん、仕事やない！」
ブック「なんだって⁉」
春子「……」
ブック「だんだん、奇行っていうの？　飲めないくせに、酔っ払って現場来てさ」
センター「よく言う、破滅型なんですね」
ブック「だって、生放送の途中で帰っちゃうんだから、たまんないよ(アキラに) なあ」
アキラ「へへへ」
ブック「挙句《あげく》の果てに、」
センター「(遮《さえぎ》り) それでまあ、10年前、正式にコンビ別れしたんですが、僕は今でも思ってるんですね、ブックの、彼本来の面白さを引き出せるのは、やっぱ、春子兄さんしかいないんですよ、逆もまた然りですよ。今回、10年という節目にこうして伺ったのも、」

突然、カーテンが開き。

春子　「オレは絶対やらへんど！」

春子、いかにも漫才師が着るような衣裳で立っている。

デミ　「……やる気まんまんに見えるけど」

春子　「……あっ!!」

デミ　「頬《ほ》っぺたまで赤くして」

センター　「兄さん、」

春子　「ちゃう！　これは、走ったから赤くなったんや！」

センター　「似合うよ、兄さん、写真撮ろう！」

万座　「ていうか、どうなんだろう、こんなヤツとコンビ組んで、杉さんにメリットあんのかな」

センター　「え？」

万座　「だって、つまんないくせに偉そうじゃんコイツ。アタシ絶対笑わないし、絶対うまく行かない。やることないよ、杉さん」

支配人　「……何を言うかな、莉奈ちゃんは」

春子、困惑しつつカーテン閉める。

万座　「あんたなんか、辛いもん食って『辛い！』とか言ってりゃいいんだよ。汚れ芸人、水餃子！」
馬場　「そこまで嫌ってたっけ？」
ブック　「……お前、誰？」
デミ　「ていうか、アンタ」
馬場　「そうだよ、いつから居た？」
万座　「桜ちゃんが妹だったあたりから。ビックリですよね」
支配人　「あれあれあれあれ？　おかしいぞ、ことは……（考えて）今、舞台、カラじゃない！」
マイキー　「何、引っ込んできてんのさ！　ビールなんか飲んじゃってさ」
万座　「だって、こっちのが気になっちゃって。いちばん前にウェッティ座ってるしぃ、」
マイキー　「モニター切るから、も〜！」
センター　「すいません」
マイキー　「次、誰？」
秀樹　「桜ちゃんだよ」
マイキー　「あ〜あ〜、もう、その次は」
金城　「アタシだねえ（立ち上がる）」

一同、一瞬考え、支配人の判断を仰ぐ。

支配人　「うん（頷く）」

支配人、調光室へダッシュ。

マイキー　「ダンス、大丈夫？　速いよ！　超速いよ！　パンツは？　大丈夫？　顔は……まあいいや、音！」

音楽、大音量で流れる。

金城　「おっ、行ってくるよっ」

金城、カッコ良くステージへ。

支配人　「さあさ、お待たせしました、マリリン・モンローのそっくりさんのそっくりさん、ジュラク金城のステージ、GO、GO～」

マイキー、踊り出す。

マイキー　「（例えば）大人のおもちゃ、大人のおもちゃ、子供のおもちゃ、オカマのおもちゃでチャッチャッチャ、GO！　バーギナ、バギナ、バーギナ、食べ放題、バーギナ、バギナ、バーギナ、飲み放題、あ〜きな、明菜、明穂、2人は姉妹、あー、もう、全然踊れてない〜ん！」

ブック　「おまえが踊る必要はあるのか？」

センター、モニター切る。

マイキー「おい、切るなよ（モニターつける）」
センター「え？」
マイキー「あ……やだ、ごめんなさい、わんわん」
ブック「（切る）」
マイキー「切るなっつの、今、本番中なんだよ、また、わかんなくなっちゃうだろ？（つける）」
ブック「これじゃ、話できねえだろ（切る）」
マイキー「やめろって。触んなよ、コレに（つける）」
ブック「……なんなんだよ、お前（手を伸ばす）」
マイキー「触んなっつの（手を払う）」
ブック「（何度も手を伸ばす）」
マイキー「触んなっつの、さわん、コレさわん、な、コレさわ、さわ、コレさわん、なっつの、コレさわんなっつの！」

万座　「もー、オカマに戻って、話聞こうよ」
マイキー　「……戻れねえよ、」
万座　「え？」
マイキー　「だって、もともとオカマじゃねえもん、俺。たまたま、こーいう振付みたいな仕事でさ、女の裸とか見なきゃいけないから、便宜上オカマっぽくしてたけど、別に、男好きじゃないし、普通に彼女いるし」
万座　「そうなんですか？」
マイキー　「いるっつの、8年付き合ってるっつの」
ブック　「逆カミングアウトだな」
デミ　「そう言えばマサル君、いつからオカマだっけ」
マイキー　「わかんない、自分でも。あれ？　あれあれ？（考え込む）」
デミ　「サラリーマンやってた頃は、普通に男だったよね」
マイキー　「……うわー」
馬場　「どしたの」
マイキー　「急に恥かしくなってきた、オレ、何やってんだよ……なんだよ『わんわん』て、犬かよ」
センター　「……ちょっと面白いですね」
マイキー　「そう？」
ブック　「これ、切っていい？」
マイキー　「触んなっつの！」

センター　「そっちのほうがいいんじゃないですか？　マサルのほうが」
マイキー　「そうかな」
センター　「まあ、今日会ったばっかりだから、何とも言えないですけど」
万座　「うちらは、どっちでもいいけどね」
秀樹　「正直、オカマってことで、こっちも気ぃ遣《つか》う部分ありましたしね」
マイキー　「それはね、俺も感じてた。『ＦＬＡＳＨ』読んでるの遠巻きに見ながらも輪に加われない、みたいな」
アキラ　「こっちも、輪に入れちゃいけない、みたいな」
マイキー　「いいんだよ〜、気にすんなよ、オレ、女好きなんだから〜」
万座　「やっぱイヤかも」
マイキー　「え？　イヤなの？」
ブック　「これ、切っていい？」
マイキー　「触んなっつの！」
大田　「仕事に支障がなければいいんじゃないかしら」
馬場　「ちょっと踊ってみなよ」

マイキー、踊るが明らかに下手《へた》になってる。

馬場　「やだ、下手んなってるよ」
マイキー　「うそ」

万座　「こんなの、マイキー先生じゃない」
マイキー　「ちょっとやめてよ、もう、わんわん……だめだ、こんなのオレじゃねえよ（深く落ち込む）」
デミ　「せんせ」
マイキー　「ん？」

デミ、バスローブの前をはだける。
マイキー、普通に目をそらす。

デミ　「……何、そのリアクション！　こっちが恥かしいよ（隠す）」

支配人、調光室のドア開ける。

支配人　「どした？」
万座　「マイキー先生が、男になっちゃいました」
支配人　「……いいことじゃないか」

ドア閉める。

マイキー　「よくねえ……これじゃ、仕事になんねえよ」

馬場「あ、入ってくるとこからやってみれば、思い出すんじゃない？」
マイキー「そっか、そうだよな、出のテンションでな」

マイキー、荷物をまとめて出て行く。
一同、見ている。

マイキー「見んなよ、見てたら意味ない、自然に、自然にしてて」
馬場「わかった、わかった」
マイキー「（引っ込んで）あ、それから、元のオレに戻っても、あ、元のオレってのは、マサルじゃなくてオカマのほうな、戻っても騒ぐなよ、また裏入っちゃうから、自然に、あくまで自然に」
ブック「注文が多いオカマだなぁ、で？　なんの話だっけ？」
センター「そうだよ、大事な話してたんだよ、10年ぶりに、春子とブックでコンビ復活を計画中って話ですよ、」

センターがカーテン開けると、春子、地味な私服に着替えたところ。

センター「あ、着がえちゃったんだ」
春子「……（脱ごうとする）」
センター「いいよ、ホラ、兄さん座って。さあ、今後のこと話そうよ」

デミ　「アタシも着がえよ」
声　「ごめんくださーい」
万座　「あたしもー」

2人、カーテンの奥へ。
客席側から、スポーツバッグを持った男・上杉と、無表情な男・勅使川原《てしがわら》が汗を拭きながら現われる。
ブックとセンター以外、完全無視する。

上杉　「だいじょうぶ、だいじょうぶ、僕は顔がパスだから。ごめんくださぁい」
センター　「……お客さんですけど」
上杉　「聞こえないのかな、ごめんくださぁい、ウエッティこと上杉ですけど〜」
センター　「お客さんですよ」
馬場　「相手しちゃダメ」

そこへ、テンション上げたマイキーが駆け込んで。

マイキー　「は〜、間に合ったあ！　今日も客席は珍しいキノコでいっぱいよ！　もー、わんわん！……やったあ！　戻ったわ！　お帰り、マイキー、ありがとう！（と手を振る）」

間。

無表情な男・勅使川原と、スポーツバッグを持った男・上杉
（勅使川原：三宅弘城、上杉：荒川良々）

マイキー「そうそう、そのリアクション、あくまで自然に黙殺、アタシはオカマ、『FLASH』読んでも大丈夫、ブス！　ブスブス！　汚い女！　あ、オダギリジョー君めっけ！　食べちゃお」
センター「なんでしょう」
上杉「さっき万座莉奈さんが踊っていた曲を着メロにしたいんですけど、選曲を担当されてるのはどなたですか？」
マイキー「あ、オレオレ」
ブック「戻った」
マイキー「え、うそ（パニック）」
上杉「あれって、カルチャークラブの『君は完璧さ』ですよねえ。ちょっと万座莉奈さんに80年代の曲は合わないっていうか、今いち乗れないって言うか、その次のa〜haもそうですが、明らかに選曲が偏ってるという印象を受けましたが」
ブック「……着メロにしたいんじゃねえの？」
上杉「以前、金沢の劇場で万座莉奈さんのステージを見たときはモー娘。のピース！』だったりして、まあ個人的に僕の中でモー娘。は3人祭りで終わってるんですが、それでも貴方の選曲よりはマシっていうか、だいたい何の権限があって貴方みたいにセンスのない人が万座莉奈さんの選曲を担当されているのか理解に苦しむというか、ファンに対する冒瀆《ぼうとく》だと思うんですけど」
マイキー「……」

マイキー、自らモニターを切り、ブックの胸で泣く。

センター上杉「話しかけなきゃよかったね」
「ところで、さっき万座莉奈さん途中で引っ込んじゃったんですけど、アレってもしかして具合悪かったのかな〜なんて心配しちゃって、もしそうだとしたら万座莉奈さんのファンサイトで、応援メッセージを、」

万座、たまらず飛び出して。

万座「いちいちフルネーム呼ばないで！」
上杉「わあ！」

上杉、ものすごい望遠カメラを構え、ぐっと万座に近づきシャッターを切る。
勅使川原も近づこうとしたときに、調光室のドアが開いて支配人が出てくる。
勅使川原、ドアで顔面を思いっきり打ち倒れる。

支配人「お前、また勝手に入ってきて！」

万座、デミの背中に隠れる。

デミ　「ちょっと、やめなさいよ！　嫌がってんでしょ？」
上杉　「やっぱりいい、私服もいい、ホラホラ、まるで親子」

言い忘れたが、デミの私服は、すごくダサい。

デミ　「……ひどいよ（泣く）」
支配人　「ここは関係者以外立ち入り禁止だって何度……あっ」

上杉、催涙《さいるい》スプレーを支配人の顔に噴霧し。

上杉　「今日は、お友達を連れてきました」
支配人　「ちょっと何？　なんで？　あれあれ？」

倒れていた勅使川原、体のバネを使って立ち上がる。

上杉　「ネットで知り合った勅使川原くんです」
勅使川原　「ハンドルネームは、ソクラテシ」
支配人　「助けて、悲しくないのに涙が止まらない」
上杉　「彼も、僕と一緒で、全国のストリップ劇場を回ってるんだよね」

勅使川原　「はい、自転車で」
一同　「自転車で!?」
勅使川原　「先週は仙台から京都まで走りました、そこで上杉君と落ち合ったんだよね」
上杉　「ウエッティだろ」
支配人　「私は無視か？　私は無視なのか？」
上杉　「彼はこう見えて、３月まで高校で体育を教えていたんだよね」
馬場　「こう見えてっていうか、そう見えるけど」
勅使川原　「好きが昂《こう》じて、お笑い専門のサイトを運営してるんです」
上杉　「ソクラテシ、あれあれ、あの話」
勅使川原　「あ、本日お邪魔したのは、週刊誌でこのような記事を見つけまして」
上杉　「そう、コレコレ、ここの劇場ですよねえ、この写真」

と、一枚の週刊誌の切り抜きを支配人に手渡す。

支配人　「……（読めない）。無視の次は、いじめか？」
大田　「貸して。（読む）相方を見捨てた本宮ブック。春子の転落人生」
ブック　「ほら見ろ、書かれたよ！」

一同、記事に群がる。

大田「売れっ子のブックと明暗を分けたのが、かつての相方・春子である、現在は温泉街のストリップ劇場で踊り子のショーツを洗う毎日。『別に逃げも隠れもしまへんで』」

ブック「てめ、思いっきり取材受けてんじゃねえか！」

大田「『恨んでもしゃあない、栄枯盛衰ちゅうやっちゃ、それより五百円貸してもらえまへんやろか、出世払いや』」

ブック「金、借りてんじゃねえよ！」

大田「春子と言えば10数年前、」

春子「（突然）うがっ」

センター、記事を奪う。

大田「なんですか？」

ブック「読めよ、あの事件のこと書いてあんだろ？」

春子「うがひゃ（胸を押える）」

センター「ごめんよ、兄さん、あいつが、」

と、気功でドアを操作。

再度、ドアで思いっきり顔面を打つ勅使川原。

ブック「謝ることないよ、それがこの人の原点でしょうが」

「現在は温泉街のストリップ劇場で踊り子のショーツを洗う毎日」
（大田：宍戸美和公）

春子「うがひゃか、うがひゃか」
デミ「え？　何？　この人、捕《つか》まったの？　そーいうの、大好き」
ブック「読んでくださいよ青山さん、」
センター「……」
ブック「読まなきゃ、先、進めねえじゃん、」

センター、記事をビリビリに裂く。

センター「こんな小さい事件、誰も覚えてないよ」
デミ「……ちぇ」
勅使川原「あ、僕、拡大コピーして持ってきました」
センター「おまえは……」

勅使川原、大量のコピーをパッパ配りながら。

勅使川原「春子と言えば10数年前のあの事件を覚えている読者もいるだろう。」
センター「おまえは新聞配達か」
ブック「89年の上野ストリップ劇場マスターベーション事件だ」

一同、勅使川原に群がる。

ブック「春子とブック初めてのレギュラー番組の収録日、春子はスタジオに姿を現わさなかった。」

他の者は、もらった者から声に出しはじめる（大田以外）。

一同「番組スタッフが必死になって探している頃、彼は上野のストリップ劇場の最前列でマスをかいているところを通報され、猥褻物陳列罪の現行犯で逮捕されたのだ。当然、番組は打ち切り、と思われたが局側はブック一人での番組スタートを断行し、視聴率20％を越える好スタートを切った。そこには、日頃から素行の悪い春子に対する、スタッフやお茶の間の怒りと批判が込められていたと思われる。春子は、完全に大衆を敵に回したのだ」

春子、気を失っている。

ブック「引いた？　引いたっしょ、そりゃ引くわなぁ、最前列でチンコ出されてなあ、しかも新聞の見出しが『杉村春子、上野でオナニー』だぜ？　もう、引き笑いだよなあ」

桜の声「そうかなあ！」

桜、バナナ持って、猛ダッシュで階段降りてくる。

間。

桜　「バナナ！」

馬場　「……ああ」

桜　「（春子に）私、別に変なことだと思わないよ。男性として健康な証拠じゃん」

春子　「（感動）」

ブック　「てめ、いいから家帰ってろ」

桜　「お兄ちゃんだって、オナニーするじゃん」

ブック　「お、おい」

桜　「いっぱいするじゃん！　桜、心配だった」

ブック　「今、そーいう話じゃねんだよ、」

勅使川原　「余談ですが、ピーウィ・ハーマンがポルノ映画館でマスターベーションして捕まったのが、91年。つまり、春子さんのほうが2年も早いんだよね」

ブック　「そーいう話でもねんだよ！」

上杉　「さすがに僕は、万座莉奈さんの前ではできないね。家帰って、残像……あっ（反応）」

ブック　「確信犯だよ、破滅型でも何でもない。要は、あの番組つぶしたかったんだろ？　オレに食われるのが怖かったんだろ？　なあ」

センター　「（激怒）おまえらみんな、黙ってろ！」

センター「何、深読みしてんだよ、単純な話じゃないか！『杉村春子、上野でオナニー』。最高じゃん、オマエこそなんだ、兄さんがボケてるときに呑気《のんき》にＴＶなんか出やがって。俺が相方だったらなあ、警察より先に上野に飛んでってツッ込んでたよ、『なにシコってんだよバカでブ〜ん』つって、ツッ込んでたよ！」

ブック「……本気で言ってんのか」

センター「ボケたらツッ込まなきゃダメなんだよ！　あるいは、さらにボケなきゃダメなんだよ！　兄さんの隣りに座って、兄さんの倍の速さでシコんなきゃダメなんだよ！　それがコンビだよ！」

支配人「大変な世界だね（涙）」

ブック「あんとき、そんなこと言ってなかったじゃん」

センター「あ？」

ブック「注目されてるあいだはとにかくＴＶ出て、兄さん悪者にして笑いとれって言ったじゃん、」

春子「……」

センター「それは……復帰したときのこと見すえて、ホラ、事件起こした芸人って痛々しいじゃん、だから逆にネタにして、」

ブック「それでも視聴者はオマエに同情するから、兄さんに勝ち目ないからって、」

春子「そうなのか……」

センター「……疲れてたんだよ、お前ら2人コントロールするので一杯一杯だったんだよ。何やってんだよ、さっきから！」

勅使川原、３人のやりとりをメモっていた。

勅使川原「や、僕のホームページにアップしようと思って」
センター「事務所とおせよ、このやろう！（取り上げる）だいたい何なんだよテメエは、何しに来たんだよ」
勅使川原「ファンです」
センター「誰の」
勅使川原「春子師匠の」
センター「……え？」

勅使川原、ガチガチで春子の前に出て。

勅使川原「ピン芸の頃からずっと見てました、付き合ってください」
春子「……」
勅使川原「あ、間違えた。弟子にして下さい」
ブック「どういう間違いだ、それ」
春子「いいよー」
センター「兄さん」
春子「結婚を前提に弟子にしよう」

ブック春子「もお、訳《わけ》わかんねえ」
センター「センターくん、僕、彼と組むから」
「バカ言うなよ、兄さん、どう見たって才能ないじゃん……あ、ごめんね、ダメだってこんな華《はな》のない……ごめんね、こんな……実直な、中肉中背《ちゅうにくちゅうぜい》な、兄さんがいちばん嫌いなタイプじゃないか、ていうか、君もちょっとは喜んだら？」
勅使川原「（棒立ち）」
センター「春子兄さんがコンビ組むって言ってんだぞ」
上杉「あ、彼、こー見えて喜んでるんです」
センター「え？　そうなの」
上杉「顔が動かないんだよね、一昨年《おととし》ダンプと接触事故起こして、顔グチャグチャになって、お尻の皮膚を顔に移植したんだよね。だから、笑えないんだって、」
勅使川原「（無表情で）めっちゃ嬉しいです」
上杉「脊髄《せきずい》もやられて、膝と腰にボルト入ってるんだよね」
センター「……無理だよ、そんなヤツ、お笑い向いてないって、」
春子、品定めするように勅使川原を蹴る。
しばらく経って。
勅使川原「……痛っ」

一同、思わず笑う。

支配人「喜ぶのは早いぞ、1回目は誰だって面白いの、そうだね？　青山さん、うちのバカアキラだって面白かったもんね、」

春子、もう一度、蹴る。
1回目より面白い。

一同「わあ！」

春子、顔張り倒して、蹴る。
さらに面白い。

支配人「……ミラクルだあ」
馬場「蹴れば蹴るほど面白いよ、なんでえ？」
万座「好きになっちゃいそう」
ブック「ちょっと待てよ、そんなに面白いかあ？」
上杉「（悔しい）僕も彼はどうかと思いますねえ！　一緒にいても面白いこと言わないし、僕が傍らにいてプロデュースしないと、ただのお笑いオタクっていうか体育バカていうか」

万座　「ちょっと邪魔、（押しのけ）私もいいかなあ」

万座、蹴る。
素晴らしく面白い。

支配人　「テシくん！　テシくん！　やあ！（握手）」
万座　「大好き！」
上杉　「（すごく悔しい）僕もこう見えて、お笑いにはやかましいんですよ。こう見えて、ハガキ職人だったんですよ。赤羽のハガキ工場でバイトしてました、ってオイ！それ、ハガキ職人だろう！……聞かないか！（激怒）」
センター　「ブック」

ブック、自然と春子の射程距離まで出ている。

ブック　「……」
センター　「オマエ、まさか……」
ブック　「負ける気がしないんでねえ」
デミ　「お、プロが行ったよ（拍手）」
センター　「やめろ、ブック、この流れでオマエが行っても、」
ブック　「うるせえ！（目を閉じて）」

センター「素人だよ、素人相手にすんじゃない、怪我《けが》するぞ」
支配人「秀坊、バカアキラ、勉強させてもらいなさい、バカなんだから（と前へ）」
ブック「もっと前来いバカ」
支配人「ほら、片づけないと、笑い転げるんだからして、」
春子「いいのかね」
ブック「……（目をカッと開き）来い」

春子、蹴る。
ブック、リアクション。
笑いは、ない。

支配人「……あれ？」

嫌な空気が流れる。

ブック「……今のがAパターンだ」
アキラ「あ、いろいろあるんだ」
支配人「当たり前だよバカ、一万通りあるんだよ、ねえ先生」
センター「いや、もう追い込まないで、」
ブック「ある」

センター「ああ……（頭抱える）」

ブック、ウォーミングアップを終えて、尻を突き出す。
春子、蹴る。
ブック、なんか余計なリアクション。
さらに嫌な空気が流れる。

ブック「……じゃあ、こうしよう！」
デミ「ダメじゃん」
ブック「設定を決めましょう。場所は新橋、人生に疲れたサラリーマンが道に落ちてる犬のフンをカリントウだと思って食べようとしたところを上司に蹴られる、というのはどうでしょう」
支配人「何でもいいから、笑わせろよ」
万座「ていうか、つまんなかったらたぶん殺すよ」
ブック「……はい、じゃあそういう体で、よーい、アクション」
春子「やっぱコイツと組むわ（と勅使川原の腕を引っぱる）」
ブック「うううう（号泣）」
センター「すいません、ここで起こったことはくれぐれも内密にお願いします。ウチの大事なタレントなんで」

センター、1万円札を配る。

センター「ごめんねー、青山ちゃんごめんねー」
春子「2人で平成のチャップリンとキートン目指そうね。支配人、」
支配人「うん？」
春子「僕ら、明日から幕間のコントに出ますんで、」
支配人「ううっ（泣き崩れる）」
春子「（センター）すまんのう、そういうこっちゃ、明日から忙しくなるよってに、君らとはやってられんわ」
馬場「どうしたの、さっきから」
支配人「……とうとう私の番が来たねえ」

支配人、踊り子ひとりひとりと握手しつつ。

支配人「デミちゃん……麗子ちゃん……莉奈ちゃん……桜もち……秀坊、バカくん……マサルくん」
マイキー「（マサルで）マサルじゃねっつの」
支配人「みんな、今日までほんとありがとうね、青山さんも杉さんもテシくんも……おまえらも、」
ブック「（上杉を指し）こいつとひと括《くく》りにすんなよ……」

支配人　「目を閉じると、みんながいるよ。目を開けても、みんながいるよ」
デミ　「ちょっと何、え？　気持ち悪いよ、どうしたの」
支配人　「いい知らせと、悪い知らせがあります！」

支配人、土間に土下座して。

支配人　「杉さん、せっかくだけど……この鴨ケ谷温泉町ＥＸは、本日限りで閉館します！」
踊り子　「えええっ⁉（前に集まる）」
支配人　「ええっ⁉」
デミ　「どういうこと？　ウチら、今月いっぱいって契約じゃん」
莉奈　「そうですよ、契約違反ですよ」
馬場　「ふざけんなよ、脂《あぶら》ジジィ！」
支配人　「……ああ、嬉しいなあ、みんなそこまでこの劇場を愛してくれてるとは知らなんだ」
デミ　「ここがどうこうじゃないんだよ、ウチらこの先、スケジュール、ガラッガラなんだよ、どうすりゃいいのよ」
支配人　「もう、東京戻っていいですよ」
一同　「……」
支配人　「出番終わった人から、帰っちゃって。お疲れさまでした」
デミ　「帰っても仕事ないんだよ！　知ってるでしょ」
支配人　「だから言えなかったのよ（涙）」

莉奈　「ていうか、ギャラはもらえるんでしょうね」
支配人　「……ギャラって、なんだろうか？」
馬場　「金だよ！　私らが1か月毎日4ステージ、客の前で脱いで踊って稼いだ、金だよ！」
支配人　「……世の中、金じゃないぞ」
馬場　「金だよ！　金くれよ！」
アキラ　「オレらはもらえますよねえ」
支配人　「あらら、こんなこと言ってるよ」
秀樹　「だって、一応、事務所から来た仕事だし、」
支配人　「女の子に払えないのに、男の子に払えるわけないでしょ、バカ」

支配人、総攻撃を受ける。
踊り子たち、座布団投げつつ、「ふざけんなよ」「金払えよ」「オカマは？　オカマはもらえるの？」等。
一方、背後では、春子と上杉と勅使川原、センターとブックに別れて、勝手にビール飲みだす。
支配人、開き直って腕をブン回しながら反撃。

支配人　「なんだあ！　こっちの事情も聞かずに、なんだあ！　寄ってたかって、なんだあ！　吊し上げて、なんだあ！　あ！　あ！　あ！　あ！」

一同、あまりの剣幕に腰が引ける。

デミ　「……一応、聞こうか」
支配人　「『聞こうか』ってことは、ないでしょ。『聞かせてください、支配人』でしょ、あ！」
デミ　「聞かせてください、支配人」
支配人　「……みんな、知ってるかな……雀《ジャン》ピューターっていう機械があるわけ。あれは、怖いよお。麻雀ゲーム。金銭感覚のマジックだね、10万円が3分でなくなるという、」

再び、総攻撃。

支配人　「最後まで聞いて！　あ！　あ！……博打にハマったのには訳があるわけ、知ってのとおり、ここは温泉で保《も》ってる町だね。私も温泉に誘われるように、借金して、昭和61年にここ建てたわけ。うん、ところが、」
デミ　「何」
支配人　「出なかった」
デミ　「え？」
支配人　「出なかった。温泉。ボーリング、つってもこっちじゃないよ（ボーリングのポーズ）、穴掘るほうね、ユンボ！　掘っても掘っても出ないの、ユンボ！　1年が経ち2年が経ち8年が経ち、来る日も来る日もボーリング、つってもこっちじゃないよ、」
万座　「それ、もうわかった」
秀樹　「え？　じゃあ、オレら入ってるの、あれ温泉じゃないの？」
支配人　「温泉よぉ。毎日、僕と町長さんが交代で温泉の素を入れてこう……騙《だま》し騙しやってきたけど、バレてるね、観光客が来ない」

一同　「……」

支配人　「わかるでしょ、わかってよ……（泣）」

万座　「待って」

馬場　「んだよ」

万座　「さっき、いい知らせと悪い知らせがあるって、コイツ言いました」

デミ　「何、いい知らせって何？」

支配人　「『何ですか？』でしょ、あ！」

デミ　「何ですか！」

支配人　「べいびい」

調光のドアをノックする。
旅支度の大田が現われる。
2人、手を繋《つな》いで。

支配人　「……ぼくたち、付き合ってるの」

大田　「……（複雑な顔）」

支配人　「……言っちゃったね」

馬場　「知ってるよ」

支配人・大田　「え!?」

馬場　「そりゃ分かるよ、しょっちゅう2人で調光に籠って、」
センター　「てっきり、ご夫婦だと思ってました」
支配人　「あらら、ご夫婦だって。嬉しいねえ、丸子ちゃん」
デミ　「奥さんいるのよ、すきっ歯の」
万座　「不倫なんですよ、気持ち悪いですよねぇ」
馬場　「黙ってて欲しかったよ。急にぶっちゃけられても、困るっつの」
デミ　「しかも、それはアンタにとってのいい知らせだね」
支配人　「はい」
デミ　「私らのいい知らせは？」
支配人　「ん〜、みんなにとってもこれ以上いい知らせがあるだろうか？　という、」
馬場　「関係ねえよ！」
万座　「ていうか、気持ち悪い知らせですよ」
秀樹　「あれ？　丸子姐さん、旅支度、」
大田　「あ……（支配人を見る）」
デミ　「逃げるの？　2人で逃げるの？」
万座　「気持ち悪〜い」
デミ　「恥かしくないの？」
馬場　「奥さん、知ってんの？」
マイキー　「オカマはギャラもらえるの？」
支配人　「……昨日、話したよ」

馬場　「昨日かよ」

デミ　「なんだって？　すきっ歯」

支配人　「（震えながら）急なことだったので動揺したようだが……（突然）すきっ歯言うな！　それだけは！　わ！　わ！（つかみかかる）……最終的には……お金で解決したよ（嘘）」

万座　「そのお金は、どうしたの？」

支配人　「（絶句）」

馬場　「うちらのギャラで払ったの？」

支配人　「（力なく）……僕は、ウソが、つけない」

大田　「違うの！　この人、そんな悪い人じゃないのよ」

電話、鳴る。

慌てる支配人。

一瞬、振り返る踊り子たち。

桜、電話に出る。

桜　「もしもし」

支配人　「逃げろ！」

ダッシュする支配人と大田。

追いかけるデミ、馬場、万座、アキラ、秀樹、マイキー。

ブック　「『逃げろ』っつって逃げる人、初めて見たよ」

　　春子、上杉、勅使川原、何やら盛り上っている。

センター「聞いてたろ、兄さん、そういうことらしいから、」
春子「ああ、びっくりだ。テシ君、パラリンピックに出たんだって」
ブック「知らねえよ！」
上杉「まあ、出たといっても、勝手に出たと言うか、出てないんですが」
勅使川原「出てません」
ブック「……（ツッ込む言葉が見つからずイライラ）」
桜「青山さん、島村さんて人から、」
センター「折り返し電話するから。（春子に）ここの劇場、今日でなくなるんだって、だから、」

　　上杉、立ち上がり。

上杉「コーチ！　回転レシーブ教えてください！」
春子「なんだとう!?　歯を食いしばれ！」
勅使川原「（回転して）カルチェ」
春子・上杉「わおぅ、君ってギャランドゥ！」

センター「……ネタ作ってたんだ」
ブック「しかも、かなりシュールだぞ、」
センター「トリオになってるし」
3人「ギャランドゥ！」
桜「（無理に）あはははははは」
ブック「無理して笑うな！」
春子「わてら陽気な『春子ウェットテッシュ』や、仕事取ってこい」

センター、春子をむりやり座らせ。

センター「時間がないんだ兄さん、こいつ明日、朝一でロケだから、」
上杉「こー見えて、ボク夜型なんで、朝は、」
センター「オマエじゃねえよ！」
上杉「（春子に）彼とは友達になれないな」
センター「黙ってろよ！……実際、10年経ってさ、2人の漫才見て育った世代が芸能界の中心でやってる状況でさ、こんな感じで、幾つか企画もいただいてるんだ。みんな、見たいと思ってんだよ、2人の漫才を、」

センター、ファイルから企画書を出すが、2人とも手に取ろうとしない。

センター　「ロック系の雑誌が特集も組んでくれてさ。編集者、サ店で待たしてんだ」
春子　「……取材は嫌いだ」
ブック　「（鼻で笑う）」
センター　「ん、それはまあいいや、断わる」
ブック　「……オレは青山さんに任せますよ」
センター　「え？」
ブック　「今までだってそうしてきたし、信用してますから。うん、お任せします」
センター　「そうか、兄さんは、」
ブック　「その代わり、名前だけ変えましょうよ」
センター　「ブック」
ブック　「『春子ブック』じゃなくて、『ブック春子』ならやってもいい」
春子　「……」
ブック　「だってそうじゃん、知名度から言っても。悪いけど、この人のことなんか誰も覚えてませんよ、」
上杉　「ソクラテシは覚えてたよね」
ブック　「オマエらは参考になんねえ、」
センター　「ブック春子じゃ、何だか意味わかんないだろ、」
ブック　「春子ブックだって、わかんないッスよ」
春子　「彼の言うとおりだ」
ブック　「ああ？」

春子　「春子ブックじゃ、収まり悪いよ、センター君」
センター　「兄さん」
春子　「俺は、３人でやってた時代が一番好きなんや。ボケてツッ込んでる間に次ボケるヤツが動き出せるからムダがない……（優しく）３人で、やろうやないか」
センター　「嬉しいけど……俺、ダメだって、ブランクありすぎて、」
春子　「３人でやることが条件だ」
勅使川原　「ボクも、３人の頃が一番好きですね。ボケとツッコミが入れ替わるところが最大の魅力であり、お茶の間に受け入れられなかった所以《ゆえん》であり、」
ブック　「じゃ、ダメじゃん」
春子　「それと、もうひとつ！」
センター　「……なんだい」
春子　「こいつ、今、レギュラー何本やってんの？」
センター　「６本」
春子　「コマーシャルは」
センター　「今、３社か」
春子　「それ全部、降りろ」
センター　「ええっ⁉」
ブック　「（呆れて笑う）」
春子　「今後１年間、マスコミに出る時は３人一緒、ネタ以外は一切やんない。グルメもパチンコもＣＭもＮＧ！　以上が僕の条件だ」

ブック　「聞くことねえよ、そこまでして何でコイツと、」
春子　「僕だって、ここの生活捨てるんだ。そんくらいのリスク、当然じゃないかなぁ！」
ブック　「レベルが違う！　それに、ここはどっちみち、つぶれんだろ、」
春子　「さっき、青山さんに任せるって言ったじゃん！　言ったじゃん！　言うたやん！」
ブック　「……」
センター　「……全部やめたろうじゃん」
ブック　「ちょっと青山さん、」
センター　「しょうがねえだろ、俺はこの復活にかけてるんだよ、2人でも3人でもいい、見たいんだよオマエらの漫才！　明日、東京に戻ったら、」
春子　「今や！　今ここで、その分厚い電話帖の『あー』から『んー』まで電話したらんかい！　おうぅ？」
センター　「……」
ブック　「……」

センター、春子を睨んだまま電話をかける。

センター　「あ、もしもし、本宮ブックのマネージャーの青山です。どうも……あの、大変申し上げにくいんですが、例のＭＡＸコーヒー甘口のＣＭ、今月で契約終わりにして欲しいんですすが。ええ、そうですよね、それは重々承知で、ええ、詳しい話は東京に戻ってから……ええ、また電話します（切って）……あとは明日する……時間も時間だから」

春子　「どうする？」

上杉　「まあ、信用していいんじゃないですか？」

センター　「じゃあ支度して、時間ないから」

春子、勅使川原、上杉、支度しはじめる。

センター　「ちょいちょいちょいちょい！」

3人　「なんスかあ？」

センター　「君ら、関係ないでしょ」

春子　「何言ってんの、僕の大事な相方じゃない。はい、交～通～費」

と春子、手を出す。

真似して手を出す、勅使川原、上杉。

ブック　「……（呆然）なー」

センター　「そりゃないよ、兄さん。あんまりだぁ」

春子　「僕は3人でやりたいって言っただけで、君らとやりたいとはひとつ言も言ってないよ」

ブック　「なんでテメエら3人のために、俺がCM降りなきゃなんねえんだよ！」

春子「来月から、僕らがやるからさ〜」

3人「♪明日〜がある、明日〜がある、明日があ〜る〜さ〜」

春子「甘すぎて、怖いぜ！　MAX甘口！」

ブックが上杉に、センターが勅使川原に、それぞれドロップキック（派手なヤツ）。

センター「今のはツッコミじゃないよ、兄さん。殺意だよ。殺すぞ、オマエラぁ！　知り合いのヤクザに頼んで、3回殺すぞ！　尻から顔に移植した皮を、もう一回尻に移植し直してから殺すぞ、コラぁ！　兄さんもだよ！」

春子「（オロオロする）顔がお尻で、お尻が顔で、キャー！」

上杉・勅使川原「ぎゃらんどぅ〜ん」

ブック「（痛めつけて）いいか！　こっから先、いっさい笑いなしだ！　オレのライフワークだった、MAXコーヒー甘口を奪った罰だ、面白い顔とか、面白い動きとか、殺す！」

金城が、面白い顔と面白い動きで戻ってくる。

金城「あ〜、踊った踊った、気持ちよかったあ〜、アドレナリン出っ放しさあ、踊り足りないぐらいさあ」

上杉「おばけ！」

ブック「（へたり込む）」

センター「……どうするよ、客、まだいるんだろ？」
金城「空席以外はほぼ満席ってね、ウッシッシ、おや？　みんな、どこ行ったんだい？」
桜「アタシ、行きます」
金城「行っといで！（ハイタッチ）」
ブック「行くな！（立ちはだかる）」
桜「どいてよ」
ブック「てめ、何度言ったらわかんだよ！　お前もオヤジも、俺の身内なんだぞ、芸能人の家族なんだぞ、」

春子、調光室に入りマイクで。

春子の声「続いてはぁ、ＴＶでお馴染み本宮ブックの実の妹、本宮桜ちゃんの登場です、ＧＯ、ＧＯ、ＧＯ、ＧＯ、ＧＯ〜」
ブック「何してんだよ！」

マイクを奪い、春子を引きずり出すブック。

桜「だったら、お兄ちゃん出なよ！」
ブック「……何？」
桜「（マイクで）妹の裸、見られたくないんだったら、お兄ちゃんが出てって面白いことすればいいじゃん。皿回しとか、猿回しとか、岩崎宏美のモノマネとか、すりゃいいじゃん」

桜　「お前、兄ちゃんの仕事、誤解してるぞ。兄ちゃん、岩崎宏美のモノマネなんか……」

ブック　「できないの？　芸人のくせに、意気地なし！　脱ぐよ、桜、ここで脱いじゃうよ！　マンコ見せちゃうよ！」

桜　「……やめろ」

ブック　「やめない！　もう、キリキリ舞いよ！　どうすんの？」

春子　「どうすんの!?」

アキラがやって来て。

アキラ　「それ、客席に聞こえてますよ」

ブック　「うるせえ！……わかってんだよ」

間。

ブック、ゆっくりマイクを握って深呼吸して。

ブック　「……その前に、本日のゲスト！　マリリン・モンローのそっくりさんのそっくりさんの双子の妹、ジュゲム金城の登場です、GO、GO、GO、GO〜」

金城　「……いいのかい!?」

ブック「お願いします（頭を下げる）」
金城「こうなりゃ、朝まで踊り明かすまでよ」

さっそうと出て行く金城。

桜「卑怯者《ひきようもの》！」

センター、桜をビンタ。

桜「……！」
ブック「青山さん」

センター、桜を抱きしめる。

センター「立派な人だよ、君の兄さんは。そりゃ、年頃の女の子から見たら、遊んでるようにしか見えないかもしれない」
桜「（ブックを睨んでいる）」
センター「お兄ちゃんがカメラ目線で『辛《から》い！』とか『熱い！』とか『アバラ折れた』とか叫んだ翌日は、学校でイジメられるだろう。でもね、そのおかげで、君も僕も生活してるんだ。悪く言うもんじゃない」

秀樹「（戻ってきて）どうしたんスか？」
センター「踊り子さんは？」
秀樹「さあ、全速力で駅のほうに。足速いんすよ、支配人」
センター「誰か呼んでこいよ！」
秀樹「は、はい」
ブック「青山さん……オレ、やるよ」
センター「やめろ」
ブック「ここまでバカにされたら、行くしかねえだろ。なあ、兄さん」
春子「……」
ブック「頼むよ、一人じゃ不安なんだ……正直言って、オレ最近、もう何が面白いか、わかんないんだよ。何年も前から、いや、もともと、わかってなかったんだ。そりゃ、人気はあるよ、金も持ってる。兄さんネタにして、稼がせてもらったからな。『うちの兄さん、コレで芸人やめました』つて、流行語大賞もいただいたよ。街歩いてブックブック言われりゃ、嬉しいよ。でも、だから何だって話だよ。今こうして客前に立つこと考えたら、俺、何もねえ。（桜を指し）こいつ以下だよ、助けてよ、怖いんだよ……」
春子「初めて……兄さんって呼んでくれましたね」
ブック「兄さん、」
春子「その言葉を待ってました……力になりましょう」
センター「兄さん、」

春子「さあ、時間がない。ネタ合わせしましょう。センター君、表出《おもて》て、お客集めてきたまえ、5分で満席にしたまえよ」

春子、ハッピを差し出す。

センター「兄さん……ありがとう、兄さん」

センター、ロビーのほうへ走って行く。
春子、背広の上を2着持ってきてブックに着せながら。

春子「ブック君、君ほどの売れっ子が今あえて舞台に立つ、その勇気に敬意を表します」
ブック「ああ」
春子「と、同時に、兄さんも心地よいプレッシャーを感じています」
ブック「ああ」
春子「押しつぶされそうです、押しつぶされました、」
ブック「ああ、ああ？」
春子「僕には荷が重い。そこで、僕が最も尊敬する芸人さんに、君を委ねることにしましょう。僕の師匠に当たる人です……師匠」

春子、アキラに背広を渡す。

「お、オレっスか？」
（アキラ：顔田顔彦）

ブック「ええーーっ⁉」
アキラ「ええーーっ⁉」
春子「師匠、出番です。師匠」
アキラ「お、オレっスか？」
ブック「ざけんなよ！　こいつと出るぐらいなら、ひとりのほうがマシだよ！」
春子「何を言う！　師匠はなあ、もうここで何百ステージもやってるが、1回も客を笑かしたことがない、ある意味天才芸人なんだぞ！　ひとりとは大違いだ！」
ブック「裸で火に飛び込むか、ガソリンかぶって飛び込むかの違いだろ」
春子「うまい！　師匠、ガソリンですって」
アキラ「(ハフハフ言いながら)まいったなあ」
ブック「なんかハフハフ言ってるぞ、おい」
春子「さあ、師匠、こちらです。足元、気をつけて」
桜「兄を、よろしくお願いします！」
ブック「ちょ、ちょっと待てって」
春子「ゲームじゃん、昔、営業でよくやったじゃん、相方シャッフルしてアドリブで、」
ブック「……青山さぁん！」
春子「やらんかい！　芸人やったら、どんな条件でもビシっとやったらんかい！　おう」
ブック「……やったろうじゃん」

春子、上杉、勅使川原、前に回りこんで、「師匠！」「師匠！」とはやしたてる。

アキラ「何やりましょっか（モミ手）」

ブック「……おまえ、どっち、ボケ？　ツッコミ？」

アキラ「あ、すいません。自分ら、『ボケ』『ツッコミ』って言い方、やめてるんですよ」

ブック「はあ？」

アキラ「なんか、古臭いじゃないスか。一応、自分が『シャウター』で」

ブック「え？　しゃう、しゃう」

アキラ「シャウター、叫ぶから、」

ブック「あ、ツッコミね」

アキラ「シャウターっス」

ブック「ああ、はいはい、オレはボケればいいのね」

アキラ「いや、だから、ボケとか言わないでほしいんすよ、オレとやる以上は、ダッセエから」

ブック「じゃあ、ボケは何なんだよ」

アキラ「『アウトサイダー』っス」

ブック「……（笑）」

アキラ「アウトサイドに迷い込んだ相方を、オレのシャウトで現実に引き戻すっていう」

ブック「……（春子に）やんなきゃ、ダメっスか」

春子「師匠！　バウバウ！　師匠！　バウバウ！」

アキラ「大丈夫っスよ、いい調子でしゃべってもらえれば、アドリブでビシビシ入れていきますんで」
ブック「……じゃあ。(ネタ口調で)はい、ど〜も〜」
アキラ「うっせえよ!」
ブック「というわけで、ここからは」
アキラ「どっからだよ!」
ブック「お笑いの、」
アキラ「やべえよ!」
ブック「コーナーで、」
アキラ「しゃらくせえよ!」
ブック「ちょ、ちょっと待って……入れすぎじゃないかな? うるさくて、しゃべれない」
アキラ「シャウターっスから」
ブック「それは、わかった。でも、ボケてからツッ込んでよ。あ、ごめん。アウトサイドに行ってから、シャウトしてよ」
アキラ「はいっス」
ブック「じゃあ……はいどーも」
アキラ「うっ(我慢してる)」
ブック「こっからは、お笑いのコーナーで、お客さんにとっては休憩コーナー、なんつてね……」
アキラ「……(伺っている)」

ブック　「ロビーでアンパンなんか吸っていただいてね……いやー、景気悪いですね、あっちこっちで経営破綻、お客さんのお顔も破綻……もう崩壊……自爆テロ、なんて……今だよ！」
アキラ　「しゃらくせえよ‼（とか）」
ブック　「チェンジ！」
アキラ　「ええっ⁉」
ブック　「お前ボケろ、オレ突っ込むから。そっちのほうが、まだ可能性ある」
アキラ　「それは、シャウターとアウトシャイダーを、」
ブック　「なんでもいいから、やれよ！」
アキラ　「はい（パニくる）。いやー、参ったねえ」
ブック　「ほーほー、どうしたの」
アキラ　「え？」
ブック　「考えてから、しゃべれよ！」
アキラ　「はい、いや〜、考えたねえ」
ブック　「考えてねえじゃん！　何しゃべるか考えろ、つってんだよ」
アキラ　「まあ、そうだわな」
ブック　「なんだ、タメ口《ぐち》か？」
アキラ　「すいません」
ブック　「なんでもいいよ、天気の話とか、」
アキラ　「ああ、天気な」

ブック「てめ、誰に向かって、」
アキラ「天気いいですね～」
ブック「始めんなよ！」
アキラ「（殴り返す）」
ブック「……なんだ？」

アキラ、明らかに様子がおかしい。

春子「師匠（手を差し伸べる）」
アキラ「（振り払う）」
春子「あ～、石んなっちゃった」
ブック「はあ？」
春子「師匠は、軽いパニック障害なんだよ。許容量を越えると、フリーズするの。こうなったら、もう1か月は口を開きません」
ブック「んな～」
上杉「新しいタイプのボケだね」

センター、駆け込んで。

センター「すっごいぞ、ブック！　お前の名前で、団体さんが入った！　250人、入った！」

アキラ、いきなり舌を噛《か》んで血を吐く。

上杉　「あ、舌噛んだ！　舌噛み切った！」
桜　「巻き込んだ！　窒息するよ！」
勅使川原　「逆さにしましょう（と逆さに）」
アキラ　「ひいーっ！　ひいーっ！（泣きわめく）」
春子　「……おまえがやったんやでえ」
ブック　「知らねえよ！」

金城が、ものすごい形相《ぎょうそう》で倒れ込み。

金城　「限界だあ。酸素、酸素（倒れる）」
桜　「はいっ！（と酸素ボンベ持っていく）」
センター　「……え？　何、この修羅場《しゅらば》、どうなってんの？」
春子　「なんでもない、すぐ行くよ」
センター　「客席で見てるから」

センター、去る。

春子　「さあ、どーする。パニック師匠とやるか、それとも、ひとりでやるか？　あるいは、妹が脱ぐか、」
ブック　「くっそおお！　どっかにいいボケはいねえのかよ！」
声　「うあああああ!!」

そのとき、ヘルメットをかぶった男・フジロックが階段を転げ落ちてくる。

フジロック　「いってえええええなあ……なんだよ、『地下一階』って、一階より下って意味かよぉ。ついてねえ～」

間。

春子　「ブック」
ブック　「ああ」
春子　「天使が舞い降りたな」
ブック　「もうちょっと、様子を見よう」
フジロック　「えっと、自分、なんとか春子ってオバちゃんの取材で東京から来てて、向かいの喫茶店で待ってたんだけど連絡ないんで、出前に変装して様子、見にきました。えっとー、ナポリタン頼んだ人います？」
金城　「おう、こっちこっち」

フジロック、階段に散らばったナポリタンを適当に皿に乗せて、ちょっと食べて。

フジロック「750円です……何、見てんだよ」
ブック「あんた、お笑いとか興味ある？」
フジロック「ぜんぜん、ねえ」
ブック「よし、来い」

ブック、フジロックの手を引っ張って舞台へ。

フジロック「離せよお、離せよお、離せ、つってんだろお！」
春子「……テシくん」
勅使川原「はい」
春子「僕、テレビ出ようかな」
勅使川原「え？」
春子「彼、僕のこと、兄さんって呼んだんだよ」
勅使川原「聞いてました」
春子「ネタ以外で兄さんて呼ばれたの、初めてなんだよ。いつも、オイとかアンタとかジジイとかって……なんか、照れちゃって」
勅使川原「ああ、そうだったんですか」

春子「さっきコイツとネタ合わせしてんの見てたら、嫉妬しちゃった。師匠に嫉妬してる僕がいたんだよ……ブック君の番組だったら、出てみようかな、テレビ」

センター、飛び込んできて。

センター「おい！　なんなんだよ、あの華のないメガネは！　あれ、雑誌のライターだよ、しかも、そこそこウケてるぞ！」

春子「フリですよ、フリ。僕が登場する前フリですよ。いきなり出たら、ありがたみないっしょ。そうでしょお」

センター「……（笑）」

春子「へへへ、ビシっと着がえてくる」

センター「急いで（行こうとする）」

春子「センター君！（振り返り）僕、漫才やるわ、ブック君と漫才やるわ」

センター「ああ、」

春子、衣裳部屋へ。

上杉「おい、ソクラテシ、客席で見ようぜ」

勅使川原と上杉、桜も客席へ。

金城と血を吐いて倒れているアキラ。
金城、ナポリタンを睨んでいる。
階段を降りてくる島村。

島村　「（大声）すいませーん、あの……（ヘッドホン外して）今、フジロックって書いたTシャツ着たメガネのおっさん、来ませんでしたぁ？　あ、これはエゾロックなんスけど（とTシャツ見せる）」
金城　「ロックは浅草だよ」
島村　「あははは、面白え。もしかして、春子さんですか？　今日は、よろしくお願いします。あ、食べながらで結構ですよ」

フジロックが現われて。

フジロック　「意味わかんね、なんでオレが岩崎宏美のモノマネしてんだよ、ありえねえ、そこでできちゃう自分がまたありえねえ！　ファック！」
島村　「……お義兄《にい》さん」
フジロック　「おお、島村くん、何してんの？」
島村　「何してんの？　じゃ、ないっすよ。早く、インタビュー」
フジロック　「おお、そうだそうだ、パッパやって帰ろうぜ。明日、フジロックの先行予約なんだからさ」

島村　「今年も行くんスか、フジロック」
フジロック　「当たり前じゃん、オレが行かなきゃ始まんねえよ」
島村　「別に、義兄さんが行かなくても始まりますよ、フジロックは。つーか、ちゃんとやってくださいよ、マジで。オレが頼んで、回してもらった仕事なんだから、もお」
フジロック　「わかってるっつの」
島村　「ほら、テープ回して、電池入ってる？　テープ入ってる？」
フジロック　「そこまでバカじゃねえよ」
島村　「すいません、もう、こんなですけど、文章はしっかりしてますんで」
金城　「なかなかいいコンビだよ」
島村　「ハハハ、そうスか？　いいコンビだって」
金城　「兄弟なのかい」
島村　「いや、義理の。カミさんの、お兄さんなんですよ。仕事なくて」
フジロック　「最初に言っとくけどオレ、ロックの人間だから、お笑いとか全然知らねえし、知りたくもねえからよう」
島村　「……何、いきなり喧嘩《けんか》売ってんですか」
フジロック　「うっせえな、型破りなんだよオレは。えっと、『スパーク』っていうロック系の雑誌です。ロックとか、好きですか」
金城　「だから、ロックは浅草だよ」
島村　「あははは、(笑)《かっこわらい》、って書いてね」

「……何、いきなり喧嘩売ってんですか」
（島村：宮藤官九郎）

フジロック、いきなり、金城を殴る。

島村　「なななな、何やってんスか」

フジロック　「こいつ、ナメてっからよう」

島村　「違いますよね、ギャグですよね」

フジロック　「そーいうのオレ、許せねんだよ！　つーか、そもそもなんでオレが、お笑いの記事、書かなきゃなんねえの？」

島村　「すいませんね、ホント、文章はちゃんとしてますんで」

フジロック　「こー見えてオレ、こないだまで池袋で、カラーギャングの潜入ルポやってて、知ってる？　赤ギャン、5年間追っかけて、何度も死にかけてんだよ」

金城　「どーりで、いいパンチ持ってるよ。よし、気に入った！　こっからは、冗談抜きで行こうじゃないか」

フジロック　「わかればいいんですけど……杉村春子ってのは、本名じゃないっすよね」

金城　「本名だよ」

フジロック　「あ、そうなんだ」

金城　「母ちゃんの腹ン中にいるときにね、ツンツンを股にはさんでたんだぁ。だから、女のコだって勘違いしたらしいよ」

フジロック　「え？　じゃあ、女じゃねえの」

金城　「男だよ」

フジロック　「あはははは、（笑）《かっこわらい》」

フジロック、金城を蹴る。

島村　「義兄さん！（止める）」
フジロック　「そんなヤツ、いねえよ！　おい！　2回目だぞ！　おい！　おい！　おい、おい！」
島村　「すいません、ほんと、文章は、文章読むまでは」
フジロック　「ちょっと、島村くんさあ！」
島村　「え？」
フジロック　「黙っててくんないかなぁ。そりゃあこんなヤツだけどさあ、オレはオレなりに一生懸命変わろうとしてるわけじゃん。もう大人だし、来年40だし、ラストチャンスなんだよ、でもだからこそ！　オレのやりたいようにやりたいわけ、わかるよねえ！」
島村　「……すいません」
フジロック　「ごめん、熱くなっちゃって……じゃあ、続けていいかな」
金城　「あんた、昭和38年かい？」
フジロック　「そうだけど」
金城　「あたしと一緒だ」
フジロック　「うっそ、タメ？　タメなんだあ！　マジでえ？　ありえねえ〜…………やべ、チンコ立ってきた」
金城　「触るかい」
フジロック　「え〜〜？」

フジロック 金城「どーってことねえ。毎日、客に触られてんだから。マリリン・モンローだと思ってこい、このやろう」

フジロック「うい〜っす」

フジロック、金城のオッパイに手を伸ばす。

島村「……何、やってんスか！」

フジロック「うっせえな、黙って見てろつったろ！」

島村「見てらんねえよ。こんなインタビュー、見たことねえよ」

フジロック「わかったよ、ちゃんとやるよ……で？　アンタ誰？」

島村「誰って……資料、届いたでしょ？　編集部からＦＡＸで！」

フジロック「今、出そうと思ってたんだよ」

フジロック、巻物みたいなＦＡＸ用紙を出す。

島村「紙ぐらい、切れよ」

フジロック「ああ!?」

島村「なんでもいいから、早く読んで」

フジロック「えっと……今回のコンビ復活の裏で囁かれているのが、伝説の喜劇王と呼ばれ、いまだ一部でカルト的人気を誇る杉村春子を、本宮ブックが話題作りのために引っぱり出したという説である」

島村「読んでるのバレバレじゃないスか」

フジロック「だって、読めつったじゃん」

島村「貸して！……ブックさんも一時期の人気ないし、レギュラー番組すべて3月で打ち切りになって、今、仕事ないわけですよね、CMだって去年で契約切れてるし、まあ、ブック本人がどこまで知ってるかは別として、青山さんていう人はこうなることを予測して春子さんを探してたわけだから、たぶん同窓会的に？　2、3回、漫才やってコンビ解消じゃないかと……その辺の話はNGです。NGです？」

フジロック「それ、NGだよ」

島村「なんでNG事項、読むんですか！　もお！……『春子さんは気難しい人なんで気をつけて下さいね。スパーク編集部』って書いてあんじゃん！　あー、もうダメだ」

金城「アタシが杉村春子だったら、ただじゃおかないところだねえ」

間。

島村「えあ？」

金城「アタシが杉村春子じゃなくて良かったよ」

島村「あんた、杉村春子じゃねえの」

金城「ちげーよ」

フジロック「ババア」

金城　「大成功！　つってね」
　フジロック、金城の首をしめる。
　ロビー側から、上杉、勅使川原、センターが、桜をなだめながら戻ってくる。
　階段側から、デミ、馬場、万座、秀樹、マイキーが現われる。
　島村、慌ててフジロックのファックス用紙を丸めて。
島村　「あ、どうも、お電話した島村です。春子さんて、どの方ですか？」
センター　「今、衣裳着てます（座る）」
島村　「あ、そうっスか。ブックさんは」
センター　「今、衣裳脱いでます」
島村　「あ、そうっスか……え？」
勅使川原　「全然ウケないから引っ込みつかなくなって、最終的に、裸踊り始めちゃって、」
上杉　「お客にチン毛引っぱらせて『くすだま』とかね、最低だよね」
島村　「それ、写真撮ってもいいスかね」
センター　「（激怒）いいわけねえだろう!!」
　泣きながら仕度部屋に駆け込む、桜。
　すれ違いに出てくる、アキラ。

センター「……すいません、勘弁してください」

センター、ステージへ。

島村「義兄さん、車のキー」
フジロック「キー?」
島村「カメラ、車でしょ」
フジロック「ああ、オレも行く」

フジロック、島村、ロビーのほうへ。

デミ「(見送りつつ)取材かぁ……昔は来たよねえ、アタシらにも」
馬場「電話ありました?」
金城「ないねえ」
万座「あ〜あ、沖縄帰ろうかなぁ」
上杉「それはダメだ、治安が悪い」
万座「アンタ、まだ居たの?」
秀樹「门ん中、真っ赤」
アキラ「ああ、またパニクっちゃって(照れ笑い)」
万座「ジュラク姉さん、」

着ぐるみのウサギが支度部屋から現われ、カセットレコーダーを持って調光室へ。

万座　「ここ、つぶれるらしいですよ」

金城　「ああ、そうかい」

そこへ、バスローブ羽織ったブックとセンターが現われる。

ブック　「(泣き笑い) ハッハッハッハッハッハ、」

金城　「ええ!」

ブック　「見たか、桜、お兄ちゃんのステージを!　これが男の笑いよぅ、本宮ブックの笑いよぅ!　ごめんねー、青山ちゃんごめんねー、いつもと一緒でごめんねー」

センター　「いつまで着替えてんだよ!」

センター、支度部屋へ走っていき、カーテン開ける。

ブック　「ん?」

そのとき、先ほどの金城とフジロック、島村の会話がスピーカーから聞こえる。

フジロックの声　「えっと……今回のコンビ復活の裏で囁かれているのが、伝説の喜劇王と呼ばれ、いまだ一部でカルト的人気を誇る杉村春子を、本宮ブックが話題作りのために引っぱり出したという説である」

一同　「(ブックを見る)」

島村の声　「読んでるのバレバレじゃないスか」

フジロックの声　「だって、読めつったじゃん」

ウサギが調光室から現われる。

島村の声　「貸して！……ブックさんも一時期の人気ないし、レギュラー番組すべて3月で打ち切りになって、今、仕事ないわけですよね、」

センター　「兄さん」

島村の声　「CMだって去年で契約切れてるし、まあ、ブック本人がどこまで知ってるかは別として、青山さんていう人はこうなることを予測して春子さんを探してたわけだから、」

一同　「(センターを見る)」

センター　「止めろよ、早く！」

秀樹、ウサギを押しのけ調光室へ。

島村の声　「たぶん同窓会的に？　2、3回、漫才やってコンビ解消じゃないかと……その辺の話

フジロックの声　はNGです。NGです？」
島村の声　「それ、NGだよ」
「なんでNG事項、読むんですか！　もお！……春子さんは気難しい人なんで気をつけて（切れる）」

後を追うウサギ。
間。

マイキー　「とりあえず、誰か出ないとマズイんじゃないの？」
上杉　「何しろ250人、入ってるからね」
踊り子たち　「ええっ!?」
馬場　「アタシ、出る。秀くん、音出して」
秀樹の声　「失礼しました！　続いては、花電車のコーナー。面白マンコでお馴染みの馬場麗子姐さんの登場です、GO、GO……いってえええ！」

秀樹、手を押えて出てくる。
音楽が流れる。
返り血を浴びたウサギがカッターナイフを持って出てくる。
ウサギ、麗子に「出ろ」と促す。

マイキー「行っといで！」
馬場「う、うん」

馬場、バナナを持って舞台へ。

マイキー「♪（小声で）ミーのバギナはデンジャーゾーン、ケイのバギナもデンジャーゾーン、バギナにバナナがピットイン……」
ブック「踊るな！」

ブック、モニターを切る。

センター「怖いのか可愛いのか、どっちかにしてくれないかな」

ウサギ、ブックに被り物を取られると春子である。

春子「……センター君、さっきの企画書、見せてもらえるかに」
センター「（取りに行く）」
ブック「青山さん」
センター「もう、バレてるよ」
春子「急いでくれんかに」

秀樹　「かに言葉」
アキラ　「手ぇ、大丈夫？」
秀樹　「え？……あ、いたいっ！」

アキラと秀樹、流しのほうへ。
センター、企画書を手渡す。

春子　「（読んで）この、小っちゃく書いてる『雨天の場合』てのは、何かに？」
センター　「見りゃ、わかるだろ。巨人戦が中止んなったら放送するってことだよ」
春子　「晴れたら？」
センター　「次に巨人が、ドーム以外の球場で試合する日の雨天プログラムに回されるってことじゃん？」
春子　「その日も晴れたら？」
センター　「知らねえよ！」
春子　「僕らの漫才がゴールデンで流れるのは、夢のまた夢ってことだよ。ん〜、どおでしょお、そのメイクドリーム」
ブック　「いま、長嶋がいたぞ」
春子　「え？　どこどこ？」
センター　「いねえよ！」
春子　「ばうばう」

センター　「それ取ってくるのだって大変だったんだよ。アンタ、TV見ないから知らないだろうけど、コイツ、もう終わってんだ、」
上杉　「え？　じゃあ、MAXコーヒーのCMも」
センター　「とっくに切れてる」
上杉　「困るなあ、ソレ、親に電話しちゃいましたよ。どうしてくれるんですか？」
センター　「(遮り) さっきのフジロックが言ったとおりだよ。せめて2、3回、漫才やらして、あ〜、昔は良かったたって、あとは地元でスナックでもやってさ、そのほうがコイツのためなんだよ」
春子　「そうなのか」
ブック　「……そうみたい」
春子　「みたい？」
ブック　「そこまでハッキリ言われたの、今が初めてだから、ちょっとビックリしてる……えぇっ！」
センター　「(呆れて) おまえがビックリすんなよ」
ブック　「あんた、まさかオレのことも切り捨てるつもりで、」
春子　「僕は、そんな後ろ向きな漫才、やりたない！」
センター　「オレだって見たくないよ、だけど、」
春子　「漫才はな、前向いてするもんや、客にケツ向けて、誰が笑うねん」
センター　「……その客がいないんだよもう、前も後ろもないんだよ」
春子　「それはオノレの仕事ちゃうんか！　現に5分で、ここ満杯にしたやんけ！　TVだろが何だろが、理屈は一緒ちゃうんか！　おう！」
センター「……そりゃそうだ。兄さんが関西弁になるときは、いつだって正しいよ」
春子「この世に正しいものなんか、ないんですよ」
センター「え？」
春子「面白いか面白くないかしか、ないんですよ。僕は、面白いものだけ信じてきたよ、君らが訪ねてくるまではね。ところが、ちょっと情に流されたらこのザマだ。何が雨天の場合だ、クソ面白くない。もう僕は、面白いものしか信じない！　笑えるか笑えないか、それ以外の価値は、いっさい認めない！　面白くないヤツは、刺すよ！……あっ」

センター、久し振りの気功でカッターを飛ばす。
春子、宙を飛ぶカッターを追いかける。

春子「かったーかったーかったーかったー、なくなってもうてん」
ブック「可愛くねえよ」
春子「……」
勅使川原「……あ、僕、サバイバルナイフ持ってます」
センター「おまえは気が効くなあ」

春子、ごついサバイバルナイフを手渡され、舞い上がる。

一同、怯える。

支配人「乱暴はやめなさい！」

支配人が階段を降りてくる。

支配人「(例えば) ♪く～だらねえと～、つ～ぶやいて～、醒《さ》めたツラ～して歩く～……話はだいたい聞かせてもらったよ、だいたいいって言ったのは、途中で競馬新聞買いに行ったからだよ。歌を歌ったのは、階段が思ったより長かったからだよ」

ブック「もう、ボケばっかりだよ！」

デミ「何しに来たのよ」

万座「丸子姐さんは？」

支配人「逃げられた。足、速いの。僕の丸子ちゃん、駅伝の選手だったんだから。箱根。面白いでしょ、僕はもう、完全に独りだよ。ねえ、杉さん、世の中に正しいことなんて、ないね (涙)」

デミ「泣いてないで何とかしてよ、支配人、」

支配人「もう、僕は支配人じゃない。支配人は杉さんだ」

踊り子たち、呆れる。

支配人「鴨ヶ谷温泉町ＥＸを、よろしくお願いします」
春子「残念ながら、私は支配人の器《うつわ》じゃありません」
支配人「杉さん……」
春子「私は、支配者です」
一同「ええっ！」
支配人「どっちの器が大きいのだろう」

春子、ナイフを掲げて向き直り。

春子「安心しなさい、僕に良くしてくれた踊り子さんは、もれなく雇いましょう」
デミ「そんな脅されてまで雇われたくない」
春子「しかし、ちょっと、お笑いさんが多すぎるなあ。減らしましょう」
デミ「マイキー先生は、どっちですか？」
マイキー「踊り子に決まってんじゃない、もう、余計なこと言わないで」
金城「あたいは、どっちだい？」
春子「ブック君、センター君、パニック師匠、前に出なさい」

3人、躊躇《ちゅうちょ》しつつ前へ押し出される。

春子「君らは、リストラ候補や。これから行なうテストに受かった者が、ここに残る。ま

センター　あ、入試みたいなもんだね。落ちたら刺すよ！」
ブック　「ちょっと待て、なんで俺が入っててんだよ、」
アキラ　「ていうか、師匠、早くもパニック気味なんだけど」
「はふはふ」

フジロックと島村、入ってくる。

フジロック　「うわ！　ありえねえ」
島村　「何やってんスか！」
センター　「おまえのせいだよ、フジロック！」
春子　「いいところへ来たね、フジロック、取材したまえ」
センター　「兄さん」
春子　「支配者や！」
フジロック　「ちょっと待てよ。フジロック、フジロックって、俺、今日たまたまフジロックのTシャツ着てるだけで、」
春子　「名前なんか知るか、写真とらんかい」
島村　「あちゃあ」
フジロック　「どうする？」
島村　「先輩が言ってくださいよ」
センター　「なんだ、どうしたの」

島村　「カメラ、盗まれたんスよ」
支配人　「あ……」
島村　「フジロック先輩がここ来る途中、コンビニに置き忘れたんですって」
フジロック　「ちょう、お前までフジロックって、」
島村　「ちゃんと、『先輩』つけたじゃないスか」
支配人　「すまなんだ」
島村　「え？」
支配人　「それ盗んだの、私」
フジロック　「マジかよ、ありえねえ」
支配人　「いや、ギャラを払おうと思って、盗んだカメラ売って馬券買って、まあ、あとは想像どおりだよ」
万座　「結局、ギャラはもらえないわけね」
支配人　「ギャラって、なんだろうか」
万座　「もう、どっか行けよ！（殴る）」
ブック　「お話中悪いけど、ちょっともう、パニック師匠が射精寸前のチンコみたいになってんだけど」
アキラ　「ぷるっぷるっ」
春子　「わかった、フジロックも入りなさい」
フジロック　「え？　何？　ぜんぜん、意味わかんない」
ブック　「やべえぞ、階段落ちされたら勝てねえ」

センター「お前、やる気かよ」
ブック「青山さんに任せますよ」
センター「(舌打ち)」
春子「まずは奥に行って、自分が面白いと思う恰好《かっこう》に着がえてきなさい」
アキラ「はい！」

アキラ、飛んでいく。

春子「ボーダーラインは、この人だ」

と、デミを立たせる。

春子「これ(デミの服)より面白くなかったら、刺すよ」
デミ「ひどい、これ一応シャネルなんだけど」
ブック「制限時間は？」
春子「3分だ」
ブック「どうする？」
センター「……面白いじゃん」
フジロック「え？　何？　着がえりゃいいのね」
島村「そうみたいっスよ」

春子「用意スタート」

何時《いっ》の間にか自転車を取りに行ってた勅使川原が現われ、自転車の警笛を「パフ」と鳴らす。

ブック、センター、フジロックの順で、カーテンの奥へ。

春子「……あ、ご紹介遅れました、アシスタントのオヤツボーイズです」

上杉・勅使川原「せ～の（好きなオヤツを言う）」

春子「みなさんは審査員ですので、前のほうへ」

支配人「杉さん、いやさ、支配者」

春子「なんでしょう、元支配人」

支配人「僕も、向こうに混ぜてはもらえないだろうか」

万座「やめてよ、見たくないよ」

支配人「何と言うか、ちょっとしたマゾっ気なんだけど、もう、落ちるとこまで落ちて、笑われたい気分なんだよね」

万座「私、絶対笑わない」

春子「いいでしょう、」

支配人「やったあ!!」

支配人、喜び勇んで支度部屋へ。

上杉　「キャメラマンさん、キャメラマンさん」
島村　「オレのことか？」
上杉　「僕、キャメラ持ってますよ」
島村　「うそ、あ、ほんとだ、オレのよりいい奴じゃん。ありがとう」
上杉　「触らないで」
島村　「えあ？」
上杉　「持ってるって言っただけで、貸すとは言ってませんが」
島村　「……なんだ、お前」

そこへ、ウサギの着ぐるみを着たアキラ（？）が現われる。

春子　「おお、来たねえ。みなさん、彼は2つのミスを犯しているよ」

ウサギ、被り物を取ろうとするので。

春子　「取るな、だいたい誰だかわかってんだから。1つは……僕と、かぶってるよね」
一同　「あ〜あ」

ウサギ、被り物を取ろうとするので。

春子　「取るなって、もう1つ、これが重要です。着ぐるみとは人々に安心感を与える反面、中に入ってる者は大きなリスクを背負う両刃《もろは》の剣《つるぎ》なんです、つまり、」

センターが現われ。

センター　「つまり、兄さんが言いたいのはこう言うことだ。今まで君のネタは、君が君であるがために笑えなかった。君の顔、君の体、そして君のアイデンティティが、君の笑いを邪魔してたわけだ。それが弱点でもあり、救いでもあった。着ぐるみを着るということは、そのアイデンティティを捨てるということだ、つまり、着ぐるみを着ても笑えないということは、もはや、君は君でなくても笑えないということなんだよ、そうだね、兄さん」

春子　「うるせえ、このやろう」

センター　「え？　違った？」

ウサギ、かなり様子がおかしい。

上杉　「あ〜、フリーズした」

春子　「で？　おまえは、なんだ」

センター、全身タイツにハゲヅラを被り、タキシードを着て、TSUTAYAの袋を持っている。

「近未来のサラリーマンが、パーティに出席するついでにツタヤに寄りましたみたいな」
（センター：河原雅彦）

センター「……（考えて）近未来のサラリーマンが、パーティに出席するついでにツタヤに寄りましたみたいな、」

春子「センター君らしいな」

センター「どういう意味だよ」

春子「それぞれのアイテムは悪くないのに、自分に自信がないんだろうね。組み合わせがバラバラで、全体的に中途ハンパで笑えないの。アナタみたいなスラっとした方なら、全身タイツだけでも充分笑えるんだから、ゴチャゴチャくっつけないでスッキリさせなさい。全身タイツを信じなさい！　もう！」

ブックが現われ。

ブック「今、おすぎかピーコがいただろ」

春子「どこどこ？」

センター「おい、まだ終ってないぞ！　見ろ、Oバックだ！」

一同「あ〜あ」

センター「（落ち込む）」

春子「おまえは、なんだ」

（例えば）赤いワンピースに赤いアフロ。

ブック　「アニー！」
一同　「ああ〜（というリアクション）」
春子　「はい、次！」
ブック　「シカトすんな、コラ！　ちゃんと、ファッション・チェックしろよ！」
春子　「なんか、言ってやって」
万座　「（すごくムカつく言い方で）あ〜、アニーねぇ」
ブック　「てめ、ムカツクんだよ！」
万座　「あんたね、自分が思ってるほど、可愛くないよ」
ブック　「面白えだろよ、どうなんだよ！　ウサギとセットで、どうなんだよ、コラ！」

ウサギ、激しく拒絶する。

ブック　「くそっ！　パニックめ」
春子　「人を頼るんじゃないよ！　フジロックを見ろ」

フジロック、普通にモデルみたいな服着てる。

フジロック　「え？　何？」
春子　「彼はただ、もう、自分がカッコいいと思う服を選んできましたね。まったく主旨を理解してません、」
フジロック　「だって、着がえてこいって言うから。これ良くねえ？」
ブック　「仕立て屋工房じゃねえぞ！」
春子　「しかしどうでしょ、偶然、面白いことになってませんか？」
万座　「ホントだ、なんでだろう」
デミ　「いちばん私に近いセンスしてるよ」

思わず笑いが漏れる。

春子　「はい、これが笑いです！　面白い恰好しろって言われて面白い服を選んだ時点で、負けなんだよ。そんなこともわかんねえのか」
島村　「なんかウケてますよ、先輩」
フジロック　「嬉しくねえよ、だって良くねえ？　これ」

そこへ、支配人が走ってくる。
ブリーフと靴下で出てくる。

支配人　「ごめん、杉さん、間に合わなかったあ。あれこれ衣裳を選んでたら、ここで過ごした月日がよみがえっちゃって、ウゥウ（涙）」
春子　「……ばう！（と支配人の手を高々と上げる）」

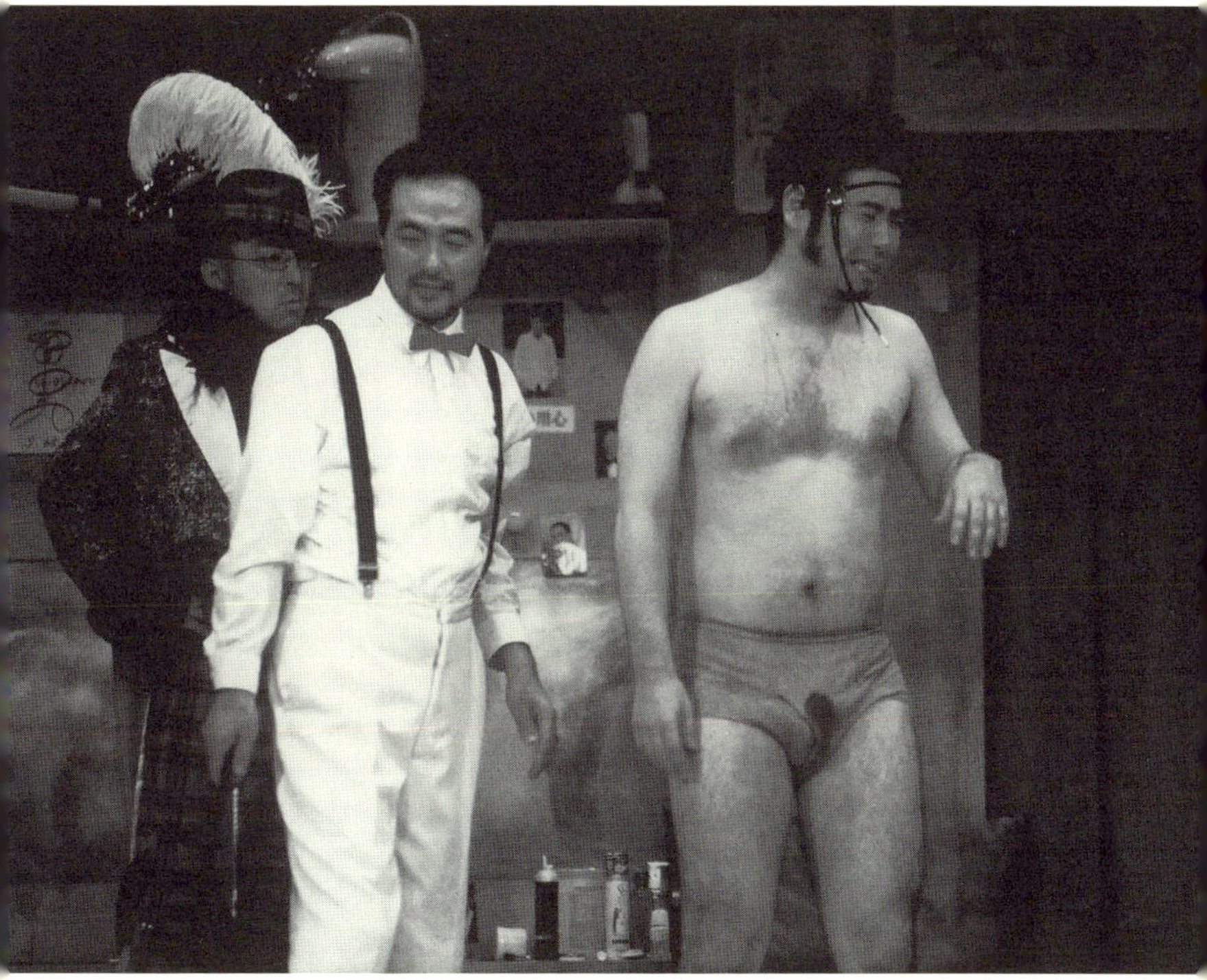

「あれこれ衣裳を選んでたら、ここで過ごした月日がよみがえっちゃって、ウゥゥ」
（支配人：皆川猿時）

支配人「え、え、ええ？」
ブック「裸じゃねえか、こいつ、裸じゃねえか！」
春子「ただの裸じゃないぞ……靴下を履いている」
支配人「……わあ」
春子「ここに彼の社会性が象徴されている。そして決め手は……このシミだ！」

支配人のパンツに、直径3センチぐらいのオシッコのシミ。

支配人「ああ、最近、オシッコのキレが……歳《とし》だから」
春子「これが最もプリミティヴな、リアルな笑いじゃないかな」
ブック「くそお、言い返せねえ」
春子「優勝は支配人、」
上杉「はい、オヤツ」

上杉からオヤツをもらう支配人。

支配人「やったあ！」
春子「続いて、第二次審査！」
ブック「まだ、やんのかよ」
春子「こちらに鏡があります。それぞれ、自分が面白いと思うメイクをしてください……

ボーダーラインは、この顔だ！」

春子、金城を立たせる。

金城　「負ける気がしないねえ」
春子　「制限時間は1分！」

勅使川原、警笛を鳴らす。
メイクにとりかかる4人。
ウサギ、大パニック。

センター　「（ウサギに）ほらね、この時点で、君はもう失敗してるんだよ」
春子　「うるせえこのやろう、早くメイクしろこのやろう！」
上杉　「キャメラマンさん、キャメラマンさん」
島村　「なんすかあ？」
上杉　「キャメラ、貸しましょうか」
島村　「……（手を伸ばす）」
上杉　「やだね」
島村　「じゃあ、言うなよ！」

春子、４人を見てまわりながら。

春子「（センターに）あ〜、いたたた、やっちゃった。眉毛な、眉毛つなげて笑いが取れたのは、昭和30年代です」

センター「（激昂し）なんでだよ！　面白い顔の、基本じゃん！」

春子「そんな顔して怒ってるのは、ちょっと面白い」

センター「……」

春子「アニー、ちょっとこっち来い」

ブック「なんだよ」

アニー、鼻を黒く塗ったりなんかしてる。

春子「あ〜、言ってるそばから、30年代の芸人さんがいたよ、」

ブック「まだ途中なんじゃコラ」

春子「ほう、じゃあ、続きを説明したまえ」

ブック「そりゃ、お前、こう唇を上に釣り上げて、ヒゲ描いて、犬だよ」

マイキー「わんわん」

春子「アニーは、そばかすだろう」

ブック「……あ」

万座「どっちにしろ、そんなに可愛くないよ」

ブック「うるせえ、犬とウサギのセットでどうなんじゃコラ！」

ウサギ、激しく拒絶。

春子「情けないね、目先の笑いに気をとられて自分を見失ってる証拠だよ、見なさい、フジロックを」

フジロック、カッコいいメイクに集中している。

春子「彼は、一貫して主旨がわかってない。どんどんカッコいい方向に驀進《ばくしん》中です。鏡を見ているにもかかわらず、自分の顔が地味であることには気づいてない。つまり、彼は夢を見ているわけやね。これが人間の本質だよ」

デミ「なんか、可哀相」

島村「メチャクチャ言われてますよ、先輩」

フジロック「（嬉しそうに）これ良くねえ～？」

春子「はい、終了！」

支配人「また間に合わなかったぁ！　あのね、アイラインを引こうと思ったらペンが折れてるじゃない、だからカッターで削るじゃない、そしたらここ丸子ちゃんの席じゃない、涙で目が霞《かす》んじゃって、カッターでアイライン引いちゃったの」

支配人、目の周り血だらけ。

春子　「……ばう！」
支配人　「え、ええ？　またあ？」
センター　「さっきからそいつ、偶然じゃないかなあ」
春子　「偶然を味方につけるのが、芸人じゃないかなあ！」
センター　「（悔しがる）」
上杉　「オヤツ」
支配人　「やったあ！」
ブック　「わかった」
センター　「あ？」
ブック　「順番が不利なんだよ、これ。２回とも、兄さん、オレと青山さんからイジってんじゃん。つまり、オレらフリで（フジロック指し）オチ、（支配人指し）大オチ、ってことだろ」
春子　「（しまった）」
センター　「そうだ、見えたぞ」
ブック　「ジジィ！　順番、逆にしろ」
春子　「わかりました、次は支配人からお願いします」
支配人　「まいったなあ」
春子　「最終テストは、一発ギャグです」

「これ良くねえ〜？」
（フジロック：村杉蝉之助）

センター　「……オレ、大オチじゃんか！」
ブック　「ごめんねー、青山ちゃん、余計なこと言ってごめんねー」
春子　「ばーか、ばーか」

支配人、立ち上がって、一発ギャグやろうとするので。

春子　「まあまあまあ、ボーダーラインはこの人です。テシ君、ヘルメットをかぶって階段の上まで登ってくれないか」
テシ　「はい」
センター　「それだけは勘弁してくれ！」

勅使川原、階段を上がる。

春子　「足元、気をつけてね」
勅使川原　「はい」
上杉　「落ちるなよ」
勅使川原　「え？」
春子　「いいから、足元、気をつけてね」
勅使川原　「はい」
上杉　「絶対、落ちるなよ」

勅使川原「え？」
春子「3回目だぞ、勅使川原くん、足元、くれぐれも気をつけて」
上杉「落ちろって意味だぞ、ソクラテシ」

勅使川原、階段の途中で混乱して、泣きながら戻ってきてしまう。

勅使川原「う〜う〜う〜」
上杉「泣いちゃった」
春子「こんな可哀相な勅使河原くんの顔も思わずほころぶような、そんな一発ギャグ、お願いします」
ブック「無理だよ、そいつ顔、動かねえじゃん！」
春子「じゃあ、思いついた人から手ぇ上げて。テシくんが笑ったら、舞台で発表してもらいましょう」
マイキー「何、言ってんのよ。麗子ちゃん、踊ってんのよ」
春子「知るか。おい、怪我人、さっきはごめん、音楽止めてこい」

秀樹、調光室へ。

フジロック「ありえねえ、おれ、ギャグとか死んでもやんねえ」
島村「いやいや。先輩は、カッコつけてりゃいいみたいですよ」

ブック　「(手を上げて)　はい！」
春子　「はい、アニー」
ブック　「(考える)」
春子　「手ぇ上げてから考えるのは反則や！」
ブック　「……よし、(例えば)　兄者《あにじゃ》！　兄者！　わしゃアニーじゃ」

最悪の間《ま》で電話が鳴る。

ブック　「アーっ！　電話が、電話があーっ！」
センター　「今のは電話に救われたよ」

デミ、電話に出る。

デミ　「(以下OFF気味)　もしもし……はい、あの　(支配人を見る)」
支配人　「はいっ！」
春子　「おっ、支配人」
支配人　「これは……若い頃に飲み屋でウケたんだけどねえ、……オカカの気持ち！」

と、一発ギャグを披露　(基本的に自分で考えてください)。

春子　「（勅使川原を見る）」
勅使川原　「……はっはっは」
春子　「ばう！　舞台へどうぞ」
支配人　「ひゃっほう！」

と、舞台に踊り出る。
一同、シンキングタイム。

デミ　「はい、はあ、わざわざすいません。（受話器置いて）どうしよ」
万座　「なんですか？」
デミ　「すきっ歯、うわー、すきっ歯」
マイキー　「どうしたの？」
デミ　「支配人の奥さん、死んだって」
一同　「ええ！」
万座　「なんで？」
デミ　「餓死《がし》、アパートで餓死してたって、すきっ歯……警察から」

春子も思わずナイフを落とす。
間。
モニターを通して支配人の声。

支配人の声　「オカカの気持ち！」

爆笑が聞こえる。
支配人が戻ってきて、ハイタッチ。

支配人　「やお！　やおやお！　ウケたよ！　ウケたよ、杉さん！」
一同　「(目をそらす)」
支配人　「あれ～？　さてはみんな、考えてるね、負けないぞぉ……はい！　ちょっといいですか？」

支配人、島村のファスナーを上げたり下げたりして。

支配人　「♪ジージージジジージジー、ポンチャック！」
勅使川原　「はっはっはっは」
春子　「ばう！」
支配人　「やお！　やおやお！」

と、舞台へ。

万座　「……餓死って、飢《う》え死《じ》にってことだよね」

デミ　「そうじゃない？　死後2週間だって。たぶん、あの人、丸子姐さんの部屋に入りびたりで、家帰ってなかったんじゃない」

センター　「うわあー、引くなあ」

支配人の声　「♪ジージージージジジージジー、ポンチャック」

爆笑の渦。

麗子が、股を押えて入ってきて。

麗子　「痛い痛い痛い！　何すんのよ、マンコはさんじゃったじゃない」

上杉　「あ、メリーに首ったけ！」

万座　「麗子さん」

麗子　「えあ？」

万座　「支配人の奥さん、死んだって」

麗子　「うそ」

万座　「餓死」

そこへ、支配人が戻ってきて。

支配人　「やおやお！　やおーう！　すごいねえ、オレって、どんどん出てくるよ、あ、また思いついちゃったよ、見て見て」

支配人の一発ギャグ（自分で考えて）。

勅使川原、笑う。

春子　「ばう！　ばう！」

支配人　「やお！　やお！」

支配人、舞台へ。

馬場　「どういうこと？　だって、昨日話し合ったんでしょ、お金で解決したって、」

デミ　「嘘だよ、アパート、小銭しか残ってなかったって言ってたもん」

支配人の一発ギャグと笑い声が聞こえる。

万座　「ひどいよ」

マイキー　「ひどいけど、ウケてるよ」

万座　「そうじゃなくて丸子姐さん、ヒドくないですか？　支配人、ウチらのギャラも、すきっ歯の食費も、全部、丸子姐さんにつぎ込んでたってことじゃん」

マイキー　「莉奈ちゃん」

万座　「危うくウチらも餓死ですよ、だいたいどこがいいの？　あんな、」

丸子、ロビー側に立っている。

万座　「やっっっべーー」

間。

支配人、アドリブでもう一発、ギャグかまして爆笑とる。

デミ　「知ってる？　姉さん、支配人の奥さん、」

支配人、戻ってくる。

支配人　「ほーう、ほーう、ほうほーう！　ほーう！」

支配人、一度、丸子に気づいて。

支配人　「ほーう！　ほーうほーう！　ほーう！」

デミ　「さっき、警察から電話ありました」

支配人　「ううぅ（泣く）」

大田　「私が通報したの」
支配人「なぜだぁ（と無意識に両手を手錠をはめられた形に）」
大田　「この人が迷惑かけて、ホントごめんなさいね。みなさんのギャラは、私が働いて、必ず払います。それこそ、すきっ歯になるまで働いて払います、なんて」
支配人「丸子ちゃんは……それはブラックコメディだ」
上杉　「舞台、誰もいませんよ」
支配人「おっ」

支配人、舞台へ走っていく。

大田　「それから、杉さん、さっきのお話」
春子　「はい？」
大田　「上野の劇場って、TSミュージックってとこじゃない？」
センター「確か、そうですけど、」
大田　「そのとき、舞台に立ってたのたぶん……アタシだと思うんだけど」
支配人の声「お菓子でオナニー！」

爆笑が聞こえる。

センター「そうなの？」

春子「はい」
大田「どうして？」
春子「ファンなんです」
ブック「それでアンタ……ここで働いてたんか」
春子「……てへへ（照れる）」
大田「ごめんなさいね、覚えてなくて。やだ、なんか、うれしい」

支配人、舞台側から半分顔出して睨んでいる。

大田「あの頃、辞めようと思ってたんです、まだ20代なのに、全然パッとしなくて……途中でSMショーに切り変えたんだけど、アタシ不器用だから縄ほどけなくて、そのまま舞台で寝ちゃったり、死にかけたり、迷惑かけちゃうし。とにかく向いてないと思ったんです、この仕事」
上杉「支配人、舞台」
支配人「やあ」

支配人、舞台へ。

大田「あの日も、最後のつもりで出たんです。そしたら、最前列で、杉さんが、」
支配人の声「オナニーー！」

大田　「……してらしたんでしょ？　芸能人の方が、アタシのステージ見ながら……」

支配人の声　「オナニー！」

大田　「……されたって聞いて、なんか、自信ていうか、アタシまだまだやれるって思っちゃって。それで今日まで、ズルズル10何年、頑張ってこれました……だから、お礼が言いたくて……ありがとう」

支配人の声　「オナニー！」

大田　「これ、温泉まんじゅう。温泉わいてないのに温泉まんじゅうっていうのも、変な話ですけど……みなさんで、どうぞ」

上杉　「オヤツだ！　テシ君、オヤツ！」

大田　「それじゃあ、」

支配人、調光室に入り。

支配人　「ありがとうございました、ありがとうございました。それでは、本日のトリでございます。ご存知、大田下丸子姐さんのステージです、GO、GO、GO、GO～」

音楽（邦楽）。

支配人、大田の衣裳を持って出てきて。

支配人　「最後に、僕のために踊ってくれないか、丸子ちゃん」

大田　「支配人……」

支配人　「（違う違うと首を振り）名前で呼んでくれよ、マルガリータ」

馬場　「マルガリータ？」

大田　「ひかるくん」

馬場　「ひかるぅ!?」

支配人　「ううっ（調光室へ）」

万座　「くれぐれも、寝ないように」

大田　「……ありがとう」

大田、ロープやロウソク、鞭、日本刀、カマ、鎖、ヌンチャクなどを受け取って、舞台へ。

島村　「……あのぉ、」

秀樹、モニターをＯＦＦにする。

電話が鳴っている。

島村　「なんかイイ感じのとこ、すいません。電話鳴ってますよ。あの、そろそろ、お写真のほう」

上杉　「キャメラ、持ってるんですか？」

万座　「貸してあげなよ」

上杉「……まあ、万座莉奈さんに頼まれたら、聞かないわけでもありませんが」

と、カメラを嫌々渡す。
電話に出る、万座。

島村「揃いのスーツ、いちおう用意したんで、着替えていただいてもいいスかね」
ブック「なんで？　アニーじゃ、駄目なの？」
島村「（春子に）着替えていただいてもいいスか？　あの、ブックさんはシングルのスーツって聞いてたんですが、春子さん、シングルかダブルかわからなかったんで、いちおう両方、」
センター「え、３着あるんですか？」
島村「ありますよ」
センター「どうする、兄さん、３着あるって。スーツ、３着あるって」
春子「……」
ブック「青山さん」
センター「ん？」
ブック「……お任せしますよ」
センター「（照れ笑い）」
島村「いつまでカッコつけてんだよ、フジロック先輩。ほら、ロビーに案内して」
フジロック「やっぱ、ついてねえな」

ブック「この恰好でロビー出るのか」

センター、ブック、フジロック、ロビーへ。
以下、島村は撮影の準備を始める。

デミ「あーあ、なんか色々やんなっちゃった」
麗子「デミ姐、どうすんの？」
デミ「わかんない。アメリカ、行こうかな」
上杉「行け行け行け、もっと治安が悪い」
デミ「アメリカだったら、いっぱいありそうじゃん？　仕事、なんか鉄の棒につかまって
チップもらって、ショーガールみたいに」
マイキー「あら、アタシも行こうかしら」
デミ「行かないんだけどね。麗子は？」
馬場「とりあえず、東京のマンション引き払って……その前にマンコ、病院行かなきゃ
……（万座に）ねえ、誰から？」
万座「んん（受話器置く）」
デミ「（秀樹に）アンタは？」
金城「そうだねえ、ロックでも聴きたい気分だねえ、」
秀樹「僕はまだ、やり直しきますから。大学に籍、あるし」
マイキー「それじゃあ、アタシら、やり直しきかないみたいじゃない？」

秀樹「もともと、デザイン関係の仕事に興味あって、そっちに進もうと思ってたし」
マイキー「デザイン関係って言えばおカマが黙ると思ったら、大間違いよ！」
秀樹「（見回し）杉さんは？」
金城「チャールズ・ブコウスキーとファックしたいねえ」
馬場「ねえ、誰から？」
万座「その前に、1本、電話していいですか？」
デミ「どうしたの？」
金城「辛いキムチが食べたいねえ」
馬場「ねえ、言いなさいよ、誰だったの」
デミ「え？　新宿EX？」
馬場「たぶん」
万座「（電話に）ちゅー、うがなびら、うがん、じゅー、やみ、せーみ、……あい！　ねーが……ちばりよー……あい、あいえーな、あきしゃびよー……あい！……あいあい！　ぢゅちぬーたから……ないちーに、やさ、新宿にー、やさ……あきしゃびよー……にへーでーびる、あにせーぐふりさびらー」
途中で、スーツに着替えたブックが入ってくる。
万座、受話器置いて。
万座「……そういうことですので」

「……あい！　ねーねーが……ちばりよー……あい、あいえーな、あきしゃびよー」
（万座：田村たがめ）

馬場　「全然わからない！」
デミ　「新宿だけ、わかった。何？　誰か、戻れんの？」
万座　「だからぁ、ないちーに、やさ、わー、あきしゃびよー」
馬場　「標準語で言いなさいよ！」
上杉　「万座莉奈さん、おめでとう！」
デミ　「え？　何？」
馬場　「アンタ？　アンタだけ？」
万座　「……なんか（曖昧《あいまい》に認める）」
金城　「2人って話じゃ、なかったのかい？」
上杉　「これで、いっしょに東京へ帰れますね。新宿は治安が悪いけど、僕がガードしますから、ご安心あれ」
万座　「ちょっと待ってよ、なんでアンタと、」
デミ　「ショック」
馬場　「覚悟はしてたけど……すごいショック」
上杉　「テシ君、悪いが、君とはここでお別れだ。さよなら、アミーゴ」

勅使川原、パフと鳴らす。

春子　「ぱう！」
ブック　「おお、びっくりした」

春子　「さあ、君の番だよ」

ブック　「おいおい、まだ続いてんのぉ？」

春子　「当たり前や。オチと大オチが、まだでしょうが」

ブック　「（呆れて）いい加減、素《す》に戻ろうよ、ってか素直になろうよ。漫才やりたいのは、俺も一緒なんだから」

春子　「だったら、面白い服に着替えろ言うたとき、なんでコレに着替えんかったんや？」

ブック　「だってこれは、あの人が……（島村を見る）」

春子　「ちゃう！　君らにとって漫才はアニー以下、ＴＳＵＴＡＹＡに寄った近未来のサラリーマン以下、ちゅうこっちゃ！」

ブック　「（言い返せない）」

春子　「さあ、追試や追試。ボーダーラインは〜（探す）」

センター　「兄さんだよ」

センターも、スーツに着替えて出てくる。

センター　「兄さんのボケをコイツが越えたら、さっきの話、乗ってもらいたいんだけど」

春子　「（しまった）」

ブック　「そうだよ。さっきからボロクソ言うわりには、アンタ、何もやってねえじゃん、」

春子　「僕は……支配者だからして」

センター　「（構わず）オレの取ってくる仕事、文句言わずにやって欲しいんだけど、コイツが

春子　勝ったら。デパートの営業も、結婚式の余興《よきょう》もグルメもパチンコも水着も、
秀樹　「水着はもう卒業だっかるび」
上杉　「ダッカルビ言葉」
センター　「ダッカルビは韓国語だ」
「君たちだって見たいだろ、兄さんのボケっぷり」

上杉、勅使川原、拍手。

デミ　「ちょっと、いい加減にしてよ。ここ、ウチらの楽屋なんだよ」
春子　「おっし！　ボケたろうやないか！　ボケるでえ、めったにやらへんど〜これは、めったにやらへんど〜、おっと、ナイフ邪魔やな」

と、春子、ウサギの腹にナイフを刺し。

春子　「いくでえ……キンタマミサイル発射！……あっ、刺してもうてん」

一同、呆然。

春子　「……どうや」
センター　「……何、やってんだよ」

春子「え?」

春子、ナイフを抜く。
ウサギの腹に、じわっと血が滲《にじ》む。

春子「はい、君の番」
センター「そんなボケ、見たことねえよ! 何、やってんだよ!」
春子「しょうがないじゃん! 君らが追い込むからもう、こんくらいやんないと、流れ的に、行くとこまで行くしかないじゃん」

ちょっとよろけるウサギ。

一同「ああっ(群がる)」
センター「これでまた10年。いや、10年じゃ済まないよ。アンタ、もう、一生お笑いやれねえよ!」
マイキー「救急車、救急車呼んで」
ブック「……ちょっと待て、パニック治ってねえか?」

ウサギ、やけにおとなしい。

秀樹「アキラくん、アキラくん」
アキラの声「はい！」

一同、ウサギに向かって「アキラ」「アキラくん」と声をかける。
その度に、アキラの返事が聞こえる。
アキラ、中途ハンパな恰好で支度部屋から出てくる。

アキラ「はいはいはいはいはいスイマセン、すんげえ迷ったんすけど自信あります、アニー」
上杉「最悪」

間。
ブックがウサギに触れると、ウサギ、振り払う。

馬場「じゃあコレ、誰？」

ウサギの被り物とると、桜が、すごく怒った顔で睨んでいる。

ブック「……」
桜「……（ブックを睨んでいる）」
馬場「（アキラに）なんで、アンタじゃないのよ！」

ナイフで刺された桜を取り囲む、秀樹たち
（桜：平岩紙、秀樹：近藤公園）

万座　「ていうか、（桜に）なんでウサギに入ってんの？」
アキラ　「あっちゃあ、ウサギかあ、ウサギは思いつかなかった……え？（見て）ええええ⁉
なんすかコレ、血⁉」
デミ　「てっきり、アキラだと思ってた」
馬場　「ねえ！　なんで？　なんで、アンタじゃないの？　空気読めよ！」
秀樹　「アキラ君だったら刺されても良かったっていうのも、ヘンな空気ですけど」

春子、キラキラした顔で見ている。

馬場　「ちょっとアンタ、自分のしたこと、わかってんの？　キラキラしてんじゃないよ！」
センター　「ちがうよ、素《す》にもどったんだ」
馬場　「……素？　これが、この人の素？」

春子、ブックの耳元に近づき、小声で謝っている。
一同、どうしていいかわからず、ブックの反応を待つ。

ブック　「……はぁい！　というわけでね！」
春子　「……（きょとん）」
ブック　「はぁい！　というわけでね！」
春子　「……（さらに、きょとん）」

センター　「『というわけで』じゃないよ、この状況は」

ブック　「続けろよ、素に戻ってないで、はい！　というわけでね！」

センター　「やめろ、バカ」

ブック　「やめねえよ。こう、手をパンてやって、『はい、というわけでね！』つったら、オレんなかで漫才のスイッチが入って、ヤなこととか全部忘れんだよ。そのあと、兄さんが、『僕らも頑張らな、いかんなぁて言ってるんですけどね』って言うんだよ。オレ、変だなぁと思ってたんだよ。オレら、『頑張らな、いかんな～』なんて一回も言ったことないのに、なんで兄さんは嘘つくんだろうって、ずっと思ってたんだよ」

センター　「それはアレだよ、漫才のさ、導入の決まり文句っつうか、何でもいいんだよ別に」

ブック　「良くねえ！　見ろよ……頑張んなきゃいけないだろコレは、この状況は。オレ、すげえわかる今。『頑張んなきゃいけない』って言葉の意味がさ、今こそ頑張んなきゃいけないよ……頑張れ、桜、兄ちゃんも頑張るから」

桜　「（頷く）」

ブック　「はい！　というわけでね！」

春子　「……（小声）ぼくらも、がんばらないかんて思テルデスケド」

ブック　「何人《なにじん》だよ！」

センター　「……」

ブック　「続けろよ、青山さん。つーか、センターくん。オレ、今、漫才やりてぇ。頭ん中、99％は桜が心配、でも1％ですげえ先のこと考えてんだ。これから先のオレと兄さんの関係、たぶん桜の傷が治ってさ、オレらがジジィになってもさ、兄さん、オレに対してゴメンゴメンって思いながら漫才やんだよ、やだろ？　そんなの、それこそ後ろ向きな漫才じゃん、だったら今やろうよ、漫才。あ、すげえ思い出した、兄さんが、『んま〜、なんのかんの言うてますけど！』ったらネタに入るんだよな、おかしいと思ってたんだよ、『なんのかんの』なんてオレら言ってねえのに、なんで嘘つくんだよ、って思ってたんだ」

センター「だから、嘘じゃなくて……あるだろ、そーいうの、お前、そんなこともわかんないで漫才やってたのか」

ブック「『なんのかんの言うてますけども』つって、『カッコいい家族旅行〜』つって始まるんだよ。やろうぜ、ホラ、なんのかんの言うから」

勅使川原「違う」

ブック「え？」

勅使川原「『なんのかんの』で始まるのは『カッコいい夏休み』です」

間。

上杉「……そうなのか？」

勅使川原「春子さんは、客の反応見て、その日のネタを変えるんだよね。『なんのかんの』で始まるのは、『カッコいい夏休み』です」

ブック「……知ってるよ、カッコいい家族旅行は『まー、わいわい言うてますが』だよ」

春子「ちゃう」

ブック　「ええっ⁉」
春子　「それは、『カッコいい身体検査』や」
ブック　「そうだっけ？　まあいいじゃん、そんなの」
春子　「良くないわ！　君、ネタ覚えてへんの、ちゃう？」
ブック　「覚えてるよ、全部覚えてるよ」

間。

春子　「『んま〜、そんなん言うてますがねえ』」
ブック　「東京は人が多い！」
春子　「ちゃう！」
勅使川原　「それは『カッコいい避難訓練』ですね、そんなん言うてますがのあとは、『そろそろ運動会の季節ですね〜』」
春子・勅使川原　「カッコいい運動会！」
ブック　「あーっ、そっちかあ！」
センター　「今のは、オレもわかったぞ」
ブック　「待って！　他のなら思い出せる。桜、もうちょっと待ってな。さあ、来い！」
春子　「んま〜、そいやそいや言うてますけどもねえ」
ブック　「最近の……待て待て『そいやそいや』なんてあったか？」
勅使川原　「鍋のおいしい季節ですねえ」

春子・勅使川原「カッコいいお鍋」
ブック「（深呼吸して）……もうちょっと我慢できるか？　桜」
桜「（頷く）」
春子「んま〜、ボンジョルノボンジョルノ言うとりますけどもねえ」
ブック「……え〜？」
勅使川原「そろそろ肝だめしのシーズンですねえ」
春子・勅使川原「カッコいいお化け！」
ブック「ふ〜（深呼吸）」
桜「お兄ちゃん……早く、頑張って」
ブック「……もういっちょう」
春子「んま〜、んま〜、アリコアリコ言うてますけどもねえ」
ブック「……アリコがトリプルAなんてね〜」
勅使川原「……」
ブック「当たったか！」
春子「アリコアリコなんてないわ」
ブック「ねえのかよ！」
桜「痛いよ〜う、痛いよ〜う」
ブック「ごめんね〜、桜ちゃんゴメンね〜」
春子「んま〜、ブブカブブカ言うてますけどもねえ」
ブック「……ねえんだろ？」

春子「オリンピックが始まりますねえ」
春子・勅使川原「カッコいいオリンピック」
ブック「あ〜っ、クソ！　ダメかもしんないよ、青山さん」
春子「テシ君のほうが、やりやすいわ〜」
センター「じゃあ、『カッコいい家族旅行』はなんなんだよ」
春子「決まってるがな……（考え）あれ？」
ブック「覚えてねえのかよ」
春子「覚えてるわ……あれ、なんだっけ」
勅使川原「（言おうとする）」
ブック「言うな！　思い出す。絶対、先に思い出す！」
マイキー「あんにょ〜」
ブック「なんだよ、マサル」
マイキー「……出てくるところからやれば思い出すんじゃない？　出のテンションで」
ブック「ああ、なるほどな、出のテンションな」
センター「あなた……初めていいこと言いましたねえ！（握手）」

一同、拍手。

センター「おい、フジロックの後輩、衣裳借りるぞ」

ロビー側に向かう、春子、ブック、センター。
島村、マイクを立てて。

島村「あの、写真撮るんで、この辺、いいですかね」
万座「(桜に)ホントに大丈夫なの？」
桜「(首を傾げる)」
デミ「どうしよう、9時15分の新幹線、間に合うかな」
馬場「え？　漫才、見ないの？」
デミ「え？　見るの？」
馬場「わかんないけど」
金城「アタイは、ロックが聞きたいねえ」

春子ブックセンターが勢い良く登場。
以下、よきところで帰り支度を始める踊り子たち。

春子・センター「♪春子〜、春子春子〜」
ブック「やったー！」
春子・センター「♪春子〜、春子春子〜」
ブック「やったー！」
3人「ブックセンタ〜〜〜〜〜(ハモる)」

♪春子〜、春子春子〜、ブックセンター〜〜〜〜〜〜

ブック　「……ハイ！　というわけでね、」
春子　「僕らもね～、頑張ったらアカンなぁ～て言ってるんですけどね」
センター　「頑張ったらアカンって、頑張らなきゃいけませんよ、ねえ」
ブック　「そうそう、頑張らなきゃ目蒲線《めかません》！」
春子　「目～蒲～線て！　目～蒲～線て、どーん！（体当たり）」
ブック　「あいたっ、ぷすー、うひゃひゃひゃひゃひゃ」
春子　「（いきなり歌う）♪こぬか、雨降る、御堂筋《みどうすじ》」
センター　「というわけで今日は、ここ、鴨ケ谷温泉に来ているわけですけれども、」
ブック　「（遠くに）歌、ぜんぜん関係ないんですよ、こらボク！　走っちゃダメよ、走ったら転ぶよ」
春子　「そうそう。転んだら、頭、ぱっかー割れるでぇ。その、ぱっかー割れたところから緑色の蝶々が、ふわ～飛ぶでぇぇ。ほら、言ってるそばから蝶々ふわ～飛んでるがな、捕まえな、幸せが逃げるでぇ……あかん、フラッシュバックや」
ブック・センター　「おぉい」
春子　「ゆうべのヒロポンのせいや」
３人　「せ～の、ストップヒロポン！」
春子　「んま～、やいのやいの言うとりますけどもねえ」
ブック　「しっかし、最近の子供ってのは可愛くないねえ……あっ！」
センター　「さすが、いいこと言う！　こないだもウチの子、たまの休みに家族旅行に連れてってやろうとしたら、『カッコ悪いからヤだ』なんて言うんですよ、」

春子　「あー、実の親子じゃないからね、」
センター　「失礼な、実の親子ですよ、」
春子　「あー、そうなんだ、」
センター　「戸籍上は。そんでね」
春子　「戸籍上て、戸籍上て、どーん！」
センター　「あいたっ、ぷすー」
ブック　「どうもありがとうございました。桜、お兄ちゃん頑張ったぞ」
桜　「お兄ちゃん！」

と2人、駆け寄ろうとするが。

春子　「（仕切り直す感じで）んま～、んま～、やいのやいの言うとりますけどもねえ！」
ブック　「はいはい（と漫才に戻る）」
春子　「子供ってのは家族そろって出かけるなんてカッコ悪いと思うわけでしょ～、そうでしょ～（だんだん、桃井かおり）」
ブック　「今、桃井かおりが、いたよ（探す）」
春子　「どこどこ？」
ブック　「いねえよ！」
センター　「今日は、みなさんに、カッコいい家族旅行をお見せしましょう」
3人　「カッコいい家族旅行！」

センター「じゃ、僕、パパやりますんで、ブックくん、ママでお願いします、」
春子「じゃ、僕、子供やります」
ブック「ねえねえ、アナタん、春子どっか連れてってよぅ」
センター「わかった、わかった。じゃあ、今度の土日は家族旅行だ」
ブック「わ〜ん、嬉し嬉し嬉し〜ん」
センター「君が行きたいんじゃないか〜」
春子「ちょうちょう、何しとん、何しとん、何しーな・いーすとん」
センター「カッコいい家族旅行の相談ですよ、」
春子「その前に、することがあるでしょ。そうでしょお」
センター「なんすか、」
春子「カッコいい夫婦生活やがな」
ブック・センター「そっからかあ！」
春子「僕、まだ、生まれてませんて。カッコいい夫婦生活がなきゃ、カッコいい僕は生まれませんて。保健体育で習いましたよねえ」
ブック「自分、中卒なんで」
春子「中学で習って、高校で実践すんねん、も〜」
3人「君ってバカでぶ〜ん！」

島村、シャッターチャンスを逃がす。

３人「遅い遅い遅い！」
ブック「ありがとうございました。桜ぁ、」
春子「んま〜、やいのやいの言うとりますけどもね〜」
ブック「はいはいはい。（桜に）もうちょっと待ってな」
センター「兄さん、カッコいい夫婦生活ってなんですか」
春子「（カッコいい声で）レイプさ」
ブック・センター「アメ〜リカ〜ん」
センター「じゃ、カッコいいレイプってどんなんですか？」
春子「ピンボールマシーンの上でレイプさ」
ブック・センター「アメ〜リカ〜ん」
センター「それじゃ、カッコいい子供ってどんな子ですか？」
春子「エレキギターみたいな子やね、」
ブック・センター「アメ〜リカ〜ん」
春子「もうええわ！」
センター「じゃ、じゃ、カッコいい子供って、具体的にどんな子供なんですか？」
春子「いや、見た目は君らと一緒や、目が2つ（目が2つ）、鼻が1つ（鼻が1つ）、弦が6本」
ブック「弦が6本、エレキじゃんか！」
春子「ただのエレキじゃないじゃんか、アルフィーの高見沢君のエレキじゃんか」
ブック・センター「……カッコいい〜〜〜〜！」

春子　「ほんまかいなあ」
センター　「（『星空のディスタンス』のイントロ）♪ででで〜ん、で〜ん、で〜で〜で〜、でで〜、で〜ん、で〜で〜で〜……」
ブック　「さあ、春子兄さんが歌います、新曲、星空のディスタンス！」

春子、乗せられて歌に入れないというボケでマイクに何度も頭ぶつけたり、歌う前に終わったり、さんざんやった挙句。

春子　「♪は〜（違う歌を歌う）」
ブック・センター　「知らねえのかよ！（けっこうキツイどつき）」
ブック　「どうもありがとうござい……」
春子　「んま〜、んま〜、やいのやいの言うてますけどもねえ！」
ブック　「はいはい（怒ってる）」
センター　「カッコいい子供が産まれましたので、」
春子　「早っ！」
ブック　「いや、遅いぐらいだよ」
センター　「気を取り直して、春子ブックセンターの」
3人　「カッコいい家族旅行！」
春子　「♪メリア〜ン、メリア〜ン、メリア〜ン」
2人　「……」

春子　「ちょうちょうちょう、何しとん、何しとん、何しゃろん・すとん」
ブック　「今、シャロンストーンが、いねーよ」
春子　「いねーよ」
センター　「そっちこそ何ですか、もう、アルフィーは終わったんですから」
春子　「泣いとるんや！　赤ん坊が泣いとるんやないか、メリア〜ンゆうて！」
ブック・センター　「ああ」
春子　「夜露《よつゆ》に濡れて泣いとるんや、メリア〜ン！　メリア〜ン！　ゆうて」
ブック・センター　「ああ」
春子　「いくで〜、メリア〜ン、メリア〜ン」
ブック　「はいはい、泣かないで春子ちゃん。さあ、カッコいい家族旅行に出発よ！」
春子　「……ぶひー（笑う）」
ブック　「んま〜、かわいくない」
センター　「じゃあ、新幹線に乗りましょ」
春子　「メリア〜ン」
センター　「いやなのか、じゃあ、飛行機？」
春子　「メリア〜ン」
センター　「ハイヤー」
春子　「メリア〜ン」
センター　「じゃあ、カッコいい乗り物ってなんなんだよ」
春子　「サイドカーや」

ブック・センター「カッコいい〜〜〜！」
春子「ほんまかいな〜」
ブック「頼むよ〜、サイドカー乗るよ〜」
ブック・センター「はい！」

三人並んで体育座り。

春子「……ちょうちょうちょう、おかしいやろコレ」
ブック「サイドが３つじゃ走りませんよ、」
センター「なるほどねえ」
春子「なるほどどってもー」
３人「君たちスーパーバカでぶ〜ん」

島村、シャッターチャンスを逃がす。

３人「こっちや、こっち！」
春子「頼むよ〜、サイドカー乗るよ〜」

今度はブックとセンターがバイク。

ブック　「ぶるんぶん」
センター　「ぶるんぶん」
ブック・センター　「ぶーーーーーーん」

と、春子を置いて走り出す。

春子　「て、どこ行くねん！」
ブック・センター　「ききーーー」
春子　「溶接せなあ、サイドとカーは溶接せなあ、」
ブック　「サイドカーですもんね」
センター　「逆にね」
春子　「何が逆やねん、もー」
３人　「君たちキウイパパイヤばかでぶ〜ん」

桜が、みんなに運び出されていく。

ブック　「どうもありがとございました！　桜ぁ！　桜をよろしくお願いします」
春子　「……んま〜、やいのやいの言うてますけどもねえ！」
ブック　「んだよ、まだあんのかよ！（と戻る）」
センター　「いっそのこと別々に行って、現地で落ち合いませんか？」

春子「そんなん……カッコいいじゃん！」
勅使川原「カッコいい」

勅使川原、素晴らしい笑顔で見ている。

上杉「あっ、テシ君が笑ってる」

勅使川原、階段を登る。

ブック・センター「うわ〜、ここが旅館かあ」
春子「（番頭になって）いらっしゃいませ〜い、３名さまご案内〜」
センター「ちょっと、アンタ誰」
春子「えぃ、当旅館の主でございます、えぃ」
ブック「子供は？」
春子「飽きた」
ブック「そりゃないよ、兄さ〜ん、勝手すぎますよお〜」
春子「えーとですねぃ、ご飯にしますか、お食事にしますか、それとも蟹鍋《かになべ》にするかに？」
ブック・センター「全部、メシじゃん」
春子「これ、ミソがうまいんやで、ミソがねぃ」
ブック・センター「お前が食うのかよ！（叩く）」

ブック・センター　春子　「え〜とですねぃ、お風呂のほうは、7時から12時まで私が入りますんで」
ブック・センター　春子　「長湯だね〜、ってオイ！」
ブック・センター　春子　「これ、ミソがうまいんやで、ミソがねぃ」
ブック・センター　春子　「食うなっつの！（叩く）」
ブック・センター　春子　「え〜とですに、お布団敷いていいですかzzzzz」
ブック・センター　春子　「早寝だね〜、ってオイ！」
ブック・センター　春子　「これ、ミソがうまいんやで、ミソがねぃ」
ブック・センター　春子　「食うなっつの！（叩く）」
ブック・センター　春子　「うぇ〜とですに、何かありましたらフロントホックを外して、右の乳輪をニューリンリンリン」
ブック・センター　春子　「便利な乳首だね〜、ってオイ！」
ブック・センター　春子　「これ、ミソが……あっ！　ミソがない」
ブック・センター　春子　「（叩いて）んもー、アンタが一番」
ブック・センター　3人　「バカでぶ〜ん、どうもありがとうございました！」

深々と頭を下げる3人。
ほぼ同時に、勅使川原、階段から転げ落ちる。

万座　「ねえねえ」
馬場　「んん？」

万座「パンツ、乾いてますよ」

END

春子ブックセンター

作・演出／宮藤官九郎
TOKYO／2002. 5. 15～6. 2／下北沢　本多劇場
OSAKA／2002. 6. 5～6. 9／近鉄小劇場

CAST

春子：松尾スズキ
ブック：阿部サダヲ
センター：河原雅彦
デミ・むーやん：池津祥子
ジュラク金城：伊勢志摩
大田下丸子：宍戸美和公
馬場麗子：猫背椿
万座莉奈：田村たがめ
本宮桜：平岩紙
支配人：皆川猿時
アキラ：顔田顔彦
秀樹：近藤公園
マイキー先生：宮崎吐夢
上杉：荒川良々
勅使川原：三宅弘城
フジロック：村杉蝉之介
島村：宮藤官九郎

STAFF

作・演出：宮藤官九郎
舞台監督：青木義博
照明：佐藤啓
音響：山口敏宏（Sound ConcRete）
舞台美術：加藤ちか
衣裳：戸田京子
演出助手：大堀光威、佐藤涼子
演出部：舛田勝敏、高味真織
照明操作：山田秋代
音響オペレーター：佐野貴子
衣裳助手：伊澤潤子、梅田和加子
美術助手：袴田長武
写真撮影：田中亜紀
宣伝美術：吉澤正美
チラシイラスト：平本アキラ
大道具製作：（有）C-COM
制作助手：河端ナツキ、北條智子
制作：長坂まき子

巻末付録：『春子ブックセンター』を6＋1倍楽しむ方法

2005年某月某日、午後。大人計画の事務所の会議室に、女優6名と男優1名が顔をそろえた。池津祥子、伊勢志摩、宍戸美和公、猫背椿、田村たがめ、平岩紙、そして宮崎吐夢。そこはまるで、『春子ブックセンター』で交わされていた楽屋トークさながらなわけで――。

パルコブックセンターって、まだあるの?

『春子ブックセンター』というタイトルを聞いたとき、まず、どんな話だと思いました?

宍戸 私、本屋さんの話なんだろうと思っていました。

伊勢 私もたぶん、そう。

平岩 春子さんっていう人がやってる……。

宮崎 僕は、話と関係なく、とりあえずタイトル決めなきゃいけない締め切りギリギリの時間にパルコブックセンターのブックカバーとか見て、イキオイでつけちゃったんだろうなーって思いました(笑)。昔も、映画『ハモンハモン』を見て、内容と関係なく『自慢自慢』とかつけてたし。

池津 でも、いいタイトルだよねぇ。

伊勢 チラシも、本屋とは全然関係ないチラシだったしねえ。全然わかんなかった、内容は。そういえば、パルコブックセンターって、まだあるの?

名前が変わって、もう、ないそうですよ。青山ブックセンターは復活しましたけど。

宮崎 じゃ、このタイトルも、しばらくしたらなんのこっちゃ? って感じになっちゃうのかなぁ。

伊勢 でも、『春子……』といえばやっぱり、池津さんの陰毛の形がどんどん変わっていったのが、印象的でしたねえ。

池津 日々、カットしながら研究してたから。

伊勢 日を追うごとに、ホンモノっぽくなり。

猫背 楽屋をウロウロしながらね(笑)。

池津 みなさんにも、ご迷惑をおかけしました(笑)。個人的には、いちばん印象に残ってるのはオープニングでしたけど。ずっとシーンとしているなか、いきなり松尾さんをビンタする役だったから、けっこう緊張してたんですよ（本書9頁参照）。全身網タイツっていう、カッコもカッコだし。ホント、初日とか、どうなっちゃうんだろう？　って思ってて。それに、人を殴るのってイヤじゃないですか、気を遣うから。殴られるのは、私、平気なんですけど。それなのに、始まる前に松尾さんが、すごくプレッシャーかけてくるんですよ。「ちゃんとやってね～」みたいな、いろいろテンション下がるようなことを。そういうのは、すごく覚えてますね。

池津祥子
IKEZU Shoko

伊勢　私は舞台上でメイクをしてて、どんどんヘンになっていくっていう設定だったんですけど。そうしたらメイクに夢中になって、セリフのタイミングが遅れたことがあって。自分のなかでは、ものすごいブルーな思い出です。

池津　そんなこと、あったんだ。

伊勢　あったあった。私がきっかけのセリフを言わなきゃいけなかったのに、「なんで、こんなにシーンってなってるんだろう？　……あ、アタシじゃん！」って。

池津　でもホント、サングラスかけてるみたいなメイクだったね（本書41頁参照）。

猫背　スゴかったよ（笑）。

池津　あれは、塗ってたら夢中になるね。

伊勢　でしょ。やっちゃうよね。

宍戸　そういえば、『轟天……』（ウーマンリブ『轟天VS港カヲル』）のときも、確かそういう設定じゃなかった？

伊勢　宮藤くんのなかで私は、〝メイクで変わる顔の人〟ってキャラクターみたいです（笑）。

少女組と、そうじゃない組

伊勢　それにしても、みんな、メイクがうまい気がしない？

田村　えー、でも私は、なんかヘンなんですよ（本書163頁参照）。

猫背　眉を太くしてたんだよね。沖縄出身だからちょっと毛深い、みたいな（笑）。

伊勢　マツゲもいっぱい、つけてたんだっけ。

猫背　そうそう。

池津　猫背はこのときは、誰を目指してメイクしてたんだっけ。

猫背　米倉涼子さんですよ。見ればわかるじゃないですか！

池津　あ、米倉さんか！

猫背　アハハ、わかんないか（笑）。

池津　アナタが米倉涼子さんってことは、私は誰だったんだろう？

伊勢　藤原紀香さんとかじゃない？

池津　あ、そういうこと言ってたことあるかもしれないけど、このときは違ったような……。

公演ごとに、毎回、メイクのお手本にする芸能人を決めるんですか？

池津　自分のなかでだけですけどね。

猫背　気持ちの問題だけ。

池津　役柄によって。服装のイメージとかでね。

田村　宍戸さんは、誰だったんですか？

宍戸　高島礼子さん！

一同　（笑）。

伊勢　和モノですね、襦袢だったし（本書73頁参照）。

池津　う〜ん、私、誰を目指してたんだっけ。

宍戸　緑魔子さんじゃない？

伊勢　それも前にやってるよね、確か。

猫背　やってるんだ（笑）。

伊勢　平岩さんはそういうこと、しないの？

平岩　普通でした（笑）。でも、覚えているのは、メイクをしてたら誰かに「なんだー、普通なの？」って言われて。「ま、そのうち、こっち側に来るわよ」って。

一同　あぁ～（笑）。

池津　思い出した、そうだ！　田村が線引きをしたんだよね。

伊勢　そうだそうだ。楽屋で、池津さん、伊勢、宍戸さん、猫背さん、田村さん、平岩さんっていう順番で並んでたら……。

池津　そう、２人（田村・平岩）のところで、線を引かれたの。

伊勢　「私と平岩さんは、違います」って。

猫背　20代と30代で分けたってこと？

伊勢　世界観の違い？

田村　少女組と、そうじゃない組で（笑）。

猫背　失礼だね～（笑）。

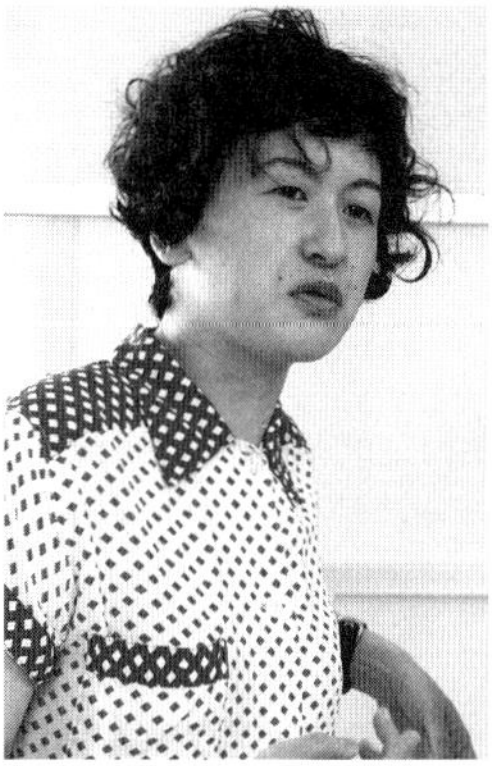

伊勢志摩
ISE Shima

ウサギの着ぐるみはイイ匂い

池津　猫背は、松尾さんと、ミニコントみたいなシーンがあったよね。

猫背　そうですね。ツラかったですよぉ。松尾さんがボケてボケて、ボケ倒すのを、どんどんツッこんでいかなきゃいけなかったから（本書19頁参照）。

宮崎　「そうだ、バナナだー。そのバナナ見て、誰かの顔、思い出すよねー」。

猫背　そうそう！　「それはポカスカジャンの真ん中の人でしょ！」みたいな。

池津　平岩の、着ぐるみはどうだった？　大変だったんじゃない？

平岩　１回、セリフ飛んじゃったんです。

池津　本番で？

平岩　阿部さんが、「オマエだよ」って顔で、「桜、桜……」って言うんで、「アッ！」って。それで、「……痛いよぉ～」って。

一同　(爆笑)。
猫背　アハハ。あの着ぐるみ、暑そうだったもんね(本書169頁参照)。
池津　でも、なぜか、イイ匂いがするの！
伊勢　ああ、なんか汗臭くないんだよね。
池津　普通、あんな着ぐるみ着てたら、ビショビショになるのに、なんだかサラッとしてて。汗はかいてるけど、サラサラの汗で、しかも、なんか、ちょっとイイ匂い(笑)。
伊勢　マイキー先生のダンスは、誰が作ったんだっけ。自分で？
宮崎　いや、なんか、宮藤さんと一緒に、相談しながら。
池津　そうだっけ。「甘栗、甘栗……」とか、書いてあったんだっけ。
宮崎　歌詞は全部台本通りだったんじゃなかったかな(本書21頁参照)。
猫背　「電話〜ぐらい、できたでしょ？」とかも？
池津　ＢｏＡがどうとか、いうのもあった。
宮崎　「アンタ、毛がボアボアじゃない！ひょっとしてアンタ……ＢｏＡ？」とか。
伊勢　それは、自分で考えたんじゃない？
宮崎　え、わかんないなあ。でも、ハッキリとしゃべっているのは僕のオリジナルで、ゴニョゴニョしゃべってるのは台本にあるセリフだったりする(笑)。

5キロは確実に違うね！

池津　宍戸さんは、苦労したことはありますか？
宍戸　苦労したこと？　……ないですね。
池津　皆川くんとのからみはどうでした？
宮崎　チンポ触るシーンも、ありましたよね。
宍戸　……全然、苦労じゃない。
一同　(爆笑)。
田村　なんか、稽古中、1回ほんとにブリーフにしずくがついていたことが……。
猫背　アハハハ、あったかもしんない！
池津　でも、苦労じゃないんだ？

宍戸　うん、苦労じゃない。
伊勢　平岩さんは、なにが一番苦労だった？
平岩　顔田さんのマネをしなきゃいけなかったのが、大変でした。
宮崎　あぁ、ぬいぐるみを着たまま？
平岩　あれは、難しかったです。
池津　ああいう動き、ほかにないもんね。
平岩　すごい、エネルギー使うというか。
伊勢　階段から落ちた人は誰だっけ。三宅さんと、蝉之介さんも落ちたんだよね。
池津　三宅さんのスゴかったよね。
伊勢　最後のシーンでね。スゴいことになってたよね。あれ、みんな、衣裳のなかにフワフワしたもの着てるんだよね。
宮崎　でも、全身アザだらけでしたよ。
池津　毎日、落ちるんだもんね。やっぱり、男たちは体張ってるよね。
伊勢　いや、女も体張ってるよ。髪切ったり、マン毛出したり。
池津　だから、ホンモノじゃないから（笑）。
伊勢　このとき、河原さん、なんか悩んでるっぽかった印象あるな。
宮崎　三宅さんも「どうしたらいいのか、正直わかんないんだよね……」って悩んでた。
池津　それで、「最後の階段落ち、おもしろいですよ！」って、みんなで励ましてね。
田村　河原さんが、アドリブ的に私たちになにかネタを見せるんだけど、スベるっていうシーンで……。
猫背　ああ、ホントに凹むって言ってたね。
田村　ハゲづらとか、かぶってて（本書137頁参照）。
池津　そうそう。ＴＳＵＴＡＹＡの袋を使ってなんかやっても、みんな「チッ」みたいな。

宍戸美和公
SHISHIDO Miwako

宮崎　そのあと、俺が袋に口つっこんで「ゲロ袋〜!」とか、その程度のがなぜかドッカンドッカン、ウケるシーンで。
一同　（笑）。
猫背　今、聞いただけでもおもしろい（笑）。なんなんだろ、このおもしろさ。でも、改めて舞台写真を見ると、ホラやっぱり、皆川くん、まだヤセてるよ（本書141頁参照）。
田村　5キロは違うって感じですね。
伊勢　5キロ、確実に違うね。このときはまだ、それほど太ってる人って感じはしないもんね。ちょっとボッテリしてるって感じ（笑）。

カツラをとったらヘンな髪型

池津　苦労っていうと、私はホント、ヘアーの見せ方、それだけだったから。この話ばっかりになっちゃうけど（笑）。
宮崎　見てるお客さんにはつくり物に見えるんですか、あれ?
池津　前のほうのお客さんには、つくり物だってことはわかるんだけど、後ろのほうの、遠目の人たちには最後までわからなかったみたい。「もしかして?」って、思ってたらしい。
伊勢　田村さんは沖縄弁で、静かに苦労してたよね?
宮崎　誰かに、指導してもらってたの?
田村　ちょっと、知り合いの沖縄出身の人に聞いたくらいですけど。
伊勢　意外と宮藤くんが、「リアルにホンモノっぽくして」って。
田村　そうなんです。笑いとかじゃなく、普通にって。
伊勢　私は、苦労っていうか、いつものことなんですけど。私、髪型おかしいことが多いじゃないですか。
一同　（笑）。
伊勢　で、はじめ金髪を地毛でやろうって話だったんですけど、金色までブリーチしちゃうと、私、毛がハリもコシもないから、細くなってハゲみたいになっちゃうから、それは避けようと、カツラにしたんですよ。そうしたら今度は、「そのカツラをとったらヘンな髪型だったっていうほうがいいな」って言い出して。それで、ジャンボ尾崎みたいな髪型にしようってことに。

宮崎　襟足が長い、角刈り（本書169頁参照）。

伊勢　そうそう。前のほうがものすごい短髪で、後ろ髪だけ長いのにって。でも、それだったら地毛、金髪にしておけばよかった！　って思ったんだけど。

猫背　実際、やるからスゴイよ（笑）。

伊勢　でもさぁ、その髪型にしても、あまり、お客さんも役者も気づいてなくて（笑）。

猫背椿
NEKOZE Tsubaki

池津　似合うからでしょ（笑）。

伊勢　おもしろいんですけどね。自分に、そういうことを要求されるっていうのは。気づいた人のためだけっていう。ある意味贅沢。でもね、私生活が……。

宍戸　その点では、やっぱり、苦労ですね。

伊勢　襟足を、持ち上げてピンで留めてたんだけど、そのピンを見られるのも、なんだかねぇ。基本的には、帽子かぶって暮らしてたんだけど。

松尾さんは、なんだか飛んでた！

池津　猫背、衣裳で着てたジャンプスーツ、買い取ったんだよね。

猫背　そうそう、気に入って。サイズぴったりに作ってもらったんで。

伊勢　似合ってたよ。

猫背　ヨソの舞台に客演したときも使いましたよ。

伊勢　ファスナーが、尻まで開くんだっけ。

猫背　そこからモノを飛ばしたり、筆を入れて文字を書いたりする踊り子、って設定だったから（笑）。

池津　それで、そのまま？　買い取るときに、縫いとめてもらったりしなかったの。

猫背　ベルトもあるしね。開かないと思う。

池津　でも、飛び蹴りとかしたとき、ブワーってそこが開いちゃったら、イヤじゃない？

猫背　しないから！　飛び蹴り（笑）。

池津　私も自分の衣裳、気に入ってたよ。忍者みたいなの。

伊勢　全身網タイツ？　あれ、自分から着たいって言ったんでしょ。

池津　踊り子、ストリッパーの役だって聞いたときに、「全身網タイツ着たいなー」って。

猫背　でも、あれ、カッコいいですよね。

田村　うん、カッコよかった！

池津　みんなも、あれは、どこかで1回は着たほうがいいよ（笑）。

伊勢　でもあの池津さん、本当にストリッパーぽかった。二代目一条さゆりみたい（笑）。

池津　アハハ、一条さゆりか！

伊勢　そういえば松尾さんは、なんだかすごくジャンプしてたよね。

猫背　うーん、飛んでた！

伊勢　別にそうしろって演出されてないのに、急に飛んだんじゃなかった？「あ、飛べば、飛べるんだ」って思った記憶が（笑）。

宮崎　でも、松尾さんって、昔はけっこうドロップキックしてましたよね。

伊勢　なんかみんな、すごく体を張ってる。

宮崎　顔田さんも、腕とか、ハンガーで普通に本気で叩かれてましたし（本書103頁参照）。

池津　松尾さんに？

宮崎　うん。ガキッ！　って音、してたもん。毎ステージ。

池津　でも、顔田くんって、痛いの平気だよね。自分にやっても、人にやっても。

伊勢　自分が痛みに平気だから――「人もいい

だろう、これくらい」って――気づかない。

池津　荒川くんは、万座ちゃんのファンって設定だったんだっけ。

宮崎　たったひとりのファンで。

田村　ストーカーみたいなね。

宮崎　荒川くんって、これ、ヅラ？（本書67頁参照）

池津　ヅラだった気がした。

猫背　髪伸ばしたの、見たことないもん。

あ、プロが来た！

宮崎　3年前のことなのに、記憶、なくなるもんですねえ。年齢、なんですかねえ。

田村たがめ
TAMURA Tagame

伊勢　うちらが本筋と関係ない設定で、好き勝手やらせてもらってたからじゃない？

宮崎　一幕モノだしね。

平岩　暗転、なかったんですよね。

伊勢　でも、なんでこんなに覚えてないんだろう？　コンちゃん（近藤公園）って、どんな役だっけ？

宮崎　顔田さんの相方。

池津　あぁ、相方か！

伊勢　同じ空間にいても、ほとんどからんでないからなぁ。記憶が薄い。阿部くんともからんでなかったなぁ。

宮崎　俺、すごく覚えてるのは、阿部ってあのとき、『天保十二年のシェイクスピア』出てて、稽古に1週間遅れで参加したんですよ。

猫背　あっ、そうだったね。

宮崎　で、最初は阿部のシーンがなかったから普通に稽古してたんだけど、阿部が合流した初日に、ちょうど彼の長ゼリフのシーンの台本ができてて、そしたらあの人、1回読んだら、すぐに台本離して、いきなりほぼ完璧に演じたんですよ。

一同 おぉ〜。

宮崎 それでスゴイスゴイってみんなで言ってたと思ったのに――みんな、覚えてないんだね？

伊勢 全然、覚えてないね（笑）。

田村 私は覚えてますよ。なんか、稽古がまだ固まってない時期だったから、「あ、プロが来た！」って思いましたもん。

猫背 アハハハ、「プロが来た」？　ひとりしかいないんだ、プロ！

宮崎 だってそのとき、1週間くらい先にやってた俺たちは、誰も、台本離してなかったしね（笑）。

池津 長ゼリフでもないのに。

宮崎 そうそう。

池津 やるねぇ、阿部くん（笑）。

伊勢 ラストの、3人（松尾・阿部・河原）でやる漫才シーンの稽古は、ものすごいしてたよね（本書177頁参照）。

宮崎 浅草キッドの水道橋博士のHPに書いてあったんですけど、この舞台がシアターテレビジョンで流れたのを奥さまがビデオに録ってて、見たんですって。

伊勢 『春子……』を？　へー。

宮崎 ええ。で、主人公が往年の名漫才師で……って設定の作品はたくさんあるけど、その漫才師役が劇中に面白い漫才をやったためしがない。でもその点、この舞台の最後の漫才は、すごく面白いところが凄いって書いてあったんですよ。

池津 へぇ〜。

宮崎 プロの現役漫才師、しかも水道橋博士にそこまで言わせるのってたいしたもんですね。

ぜひ、もう一度見たい作品ですが、もしも再演があるとしたら、キャスト は？

宮崎 再演というより、誰か別の人たちがやればいいんじゃないですかね。

猫背　あ、いいね、それ！
伊勢　見たい、見たい！
池津　どこがやればいいと思う？　全然、知らないところのほうがいいかな。
宮崎　それこそ、米倉涼子とか。一流芸能人にやってもらうのは？
伊勢　じゃ、猫背さんの役は米倉さんで。
池津　あのカッコで、ツッコミとかやっていただいて（笑）。
伊勢　振付の先生の役は誰がいいの？
宮崎　誰でもいいですよ、イジリー岡田とかでも。あ、真島（茂樹）先生なんかいいんじゃない？

平岩紙
HIRAIWA Kami

伊勢　真島先生、いいねえ（笑）。私の役は、誰がいいかなあ。全然、思いつかない。
宍戸　ＹＯＵさんは？
伊勢　ＹＯＵさんか〜。「ノッポさんかよ！」みたいな？
宮崎　余裕でやれそう。
猫背　アハハハ、ノッポさん！
田村　私、そういえば目指していたのは井川遥さんだったんですけど、出てもらうのは違う人のような気がする。国仲涼子さんとか。
池津　沖縄だしね。
宮崎　なんかいいね、それも。
田村　宍戸さんはやっぱり、高島礼子さん？
宍戸　うん。
池津　私の役は……石田えりさんで。
宮崎　あぁ〜、それはあるね、ストリッパー役とかやってたし。じゃ、毛はホンモノでお願いします（笑）。
池津　平岩の、あのカワイイ役は？
平岩　本当に、14歳か15歳くらいの人にやってもらいたいな。

宮崎　誰がいい？

平岩　オーディションとかで。

宮崎　ああ〜。ミス・シンデレラみたいな？

伊勢　宮崎あおいちゃんとかは？

池津　かわいいよね〜。でも、顔田のマネをやらなきゃいけないんだ（笑）。

猫背　じゃ、松尾さんは？

池津　松尾さんは松尾さんがいいんじゃない？

猫背　アハハ、そうなんだ。

宮崎　でも再演はともかく、また、みんなでこういう作品に出たいですね。

池津　うん、楽しかったしね！

宮崎　いや〜、ホント、おもしろい作品だったと思いますよ。よいしょでも何でもなくて。

パンツが乾くまでの小粋な話

宮藤作品ならではのおもしろさとは？

池津　お祭りみたいな感じ、かなぁ。

平岩　私も、そう思ってました（笑）。

宍戸　遊ばせてもらってるような。

池津　ワッショイ、ワッショイ！　みたいな。とくに女性はね。おもしろいカッコして、ただ、うわーって騒いで帰るって感じで、楽しいのかな。その一方で、男たちは死闘を繰り広げてる。

宮崎　男と女が分離していることが多いよね、ストーリー的に。

伊勢　ちょうど、『春子……』と『轟天……』が続けてそういう雰囲気の作品だったんじゃない？

猫背　宮藤くんの作品に女の人が少人数で出る場合は、そうでもないよ。普通に、ストーリー運んだりしてる。

池津　そうか、ウーマンリブは、そんな感じでもないもんね。

宮崎　この作品って外人が見てもわかりやすくて、おもしろいんじゃないですかね。場末のストリップシアターのドレッシングルームを舞台にしたハートウォーミング・コメディだし。

結局、生乾きだったパンティーが、最後、乾くまでの間のお話ってところも、「人生いろいろあっても、それは所詮、パンティーが乾く程度のことなのさ」みたいにもとれて、実に小粋なストーリーですよ（笑）。

伊勢　宮藤くんは、若いころから、ラクできそうなのに、頼まれると、あえてなんでも引き受ける、みたいなところがあって。「あえて苦労する方向に行く人だな〜」、と思ってたんだよね。だから今の活躍ぶりは、当然なのかもしれない。今までの集大成というか、苦労、経験の数が、今あるカタチになったんだなあって思います。

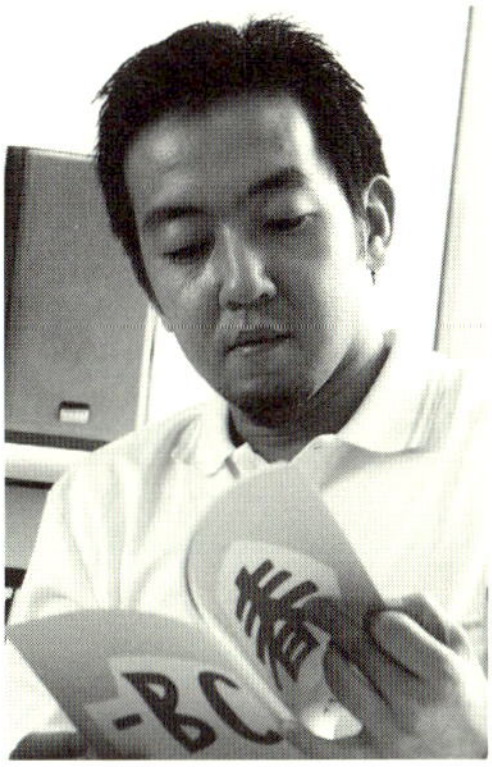

宮崎吐夢
MIYAZAKI Tomu

宮崎　昔のほうが、「歩く過労死」って感じでしたものね。

伊勢　うん。といっても、今は知らないからね。昔は、もっと会う機会が多かったから。今は、見えないところで過労死しそうな状態になってるかもしれないけど（笑）。

池津　稽古中もゴハンとか、全然食べないしね。ウチらがゴハン休憩とってても、なんかの豆とかかじってるだけ。「あんまり、おなかすいてないんすよー」って。

宮崎　コッペパン食べても、半分残したりね。なんで、わざわざ半分残すんだろう（笑）。

（司会　田中里律子／写真　田中亜紀）

あとがき

さて、いかがでした？

私事ですが、岸田國士戯曲賞なるものを頂きまして。岸田國士戯曲賞なるものを頂きまして。誤植じゃないですよ。二回書いたんです。で、せっかくだから白水社さんから戯曲本を出そうという事になりまして。ところが困った事に受賞後第一作目にあたる『七人の恋人』はオムニバス形式の、まあ早い話コントだと。じゃあ、遡ってみようと。ところが遡っても『轟天ＶＳ港カヲル』はコント以上にコントだし、『熊沢パンキース０３』も捨てがたいんだけど、まあ再演だし、という具合に白水社の和久田さんと相談した結果、この『春子ブックセンター』がちょうどいいんじゃないか？　という事になりました。いや～ありがたい話ですよ。書いた本人ですら忘れかけてた作品が、こうして出版されるんですもの。何しろ3年以上前に書いた作品なのでゲラチェックしてても何度か声出して笑いました。主にマイキー先生のセリフで。セリフっていうか、掛け声で。「♪バーギナ、バギナ、バーギナ」で。

どれ、この公演の成り立ちから話そうと思います。

これは大人計画の本公演として上演された作品です。『本公演』とは本来、主宰の松尾スズキ氏の書き下ろし作品を、原則的に劇団員全員参加で上演する公演のことです。それがお客さんにとってどれほどの意味を持つかは分かりませんが、役者にとってはかなり大きい。それだから松尾さんが「宮藤が本公演を書いてもいいと思うんだ」と言った時は「男に生理があってもいいと思うんだ」と言ったくらいのインパクトがあったようです。一方、僕にとっては「全員出る」「松尾さんが役者に専念できる」という二点が最重要事項であり、それを最大限に利用しようというのが『春子ブックセンター』のスタート地点だったように思います。とにかく俳優陣ひとりひとりに必ず見せ場がある事、そして松尾さんがいっぱい出てる事、その2つを自分に課して書きました。松尾さんが書く本公演に対抗するには、松尾さんが出ずっぱりの本公演にする以外に方法はないと踏んだのです。

全体通して『笑い』をテーマにしたのは……まあ、ちょうどTVで芸人さんが『素』の部分というか、笑いのタネ明かしをやりだした頃で、「ツッコミ」「ボケ」「ベタ」「ネタふり」「オチ」などの芸人用語を素人が、それこそ中高生までが使っているという現実に、なんか思うところあったんだと思います。僕は基本的に「笑いたがり」で、よく稽古場でずっと笑ってると指摘されますが、それは突発的なものや偶発的なもの、消化できないもの、気持ち悪いもの、信じられないものが好きで、そういう「ヘンなもの」全般を見逃さないように笑っているのだと思います。笑う事で自分の記憶にマーキングしているのでしょう。逆に計算されたもの、パターン化されたもの、笑わせる事を目的に作られたものに対してはものすごい懐疑的というか、ハッキリ言って嫌い。だから「ボケ」「ツッコミ」「オチ」という芸人用語が氾濫すると、自分にとってどんどん笑えない世の中になってしまう。そんな身勝手な危機感がこういう作品を書かせたんだと思います。幸い大人計画の俳優さんは型にハマらないヘンな人ばかりなので、僕は今でも稽古場で笑っていられるのですが。

松尾さんがいっぱい出てて『笑い』がテーマの作品。そこから「トリオ漫才」という設定を思いつくまでは早かったです。ちょうど仕事で河原雅彦さんと一緒の時でした。松尾さんと阿部くんと河原さんが漫才やってる画というか、そんなラストシーンが思い浮かんだので、席を外して社長の長坂さんに電話したのを覚えています。直接交渉しなかったのは断られたら気まずいなぁと思ったからです。河原さんは稽古場でしきりに「難しいよ」と言いながら、特にラストの漫才は「できる気がしない」と弱音を吐きながらキッチリやってくれました。

もうひとり、難しい役だなーと改めて思ったのはソクラテシこと勅使川原。顔が動かない男で、体を使ったギャグでその場の笑いを取る、しかも本人に笑わせるという意識はゼロ。そんなバスター・キートンみたいな事を要求されて、くよくよ悩みながらも演じきった三宅さんを僕は尊敬します。

もちろん他の出演者、この舞台での好演をきっかけに奥さんとのセックスレス生活に終止符を打った顔◯顔◯さんを筆頭に、みなさんの健闘を讃えたい気持ちでいっぱいです。みんなよくやった！　はい。三年も前の事なんで、ちょっとセンチメンタルな感じでシメてみました。

最後に、この公演に関わった全ての人、観てくれた人、観てないけど読んでくれた人、観たし読んだししてくれた人、観ても読んでもいない人、とにかく皆さんありがとうございました。
ではでは。

2005年9月

宮藤官九郎

題字イラスト　川口澄子
ブックデザイン　守先正

著者略歴
一九七〇年七月一九日、宮城県生まれ。日本大学芸術学部中退。
「大人計画」所属。劇作家・演出家・脚本家・構成作家・俳優。
映画監督作品：『真夜中の弥次さん喜多さん』。
主な脚本：映画『GO』（第二五回日本アカデミー賞最優秀脚本賞、第五三回読売文学賞戯曲・シナリオ賞ほか多数受賞）、『ピンポン』、『アイデン&ティティ』、『ゼブラーマン』、『69―sixtynine』、TVドラマ『池袋ウエストゲートパーク』、『木更津キャッツアイ』（平成一四年度芸術選奨文部科学大臣新人賞受賞）、『ぼくの魔法使い』、『マンハッタンラブストーリー』、『タイガー&ドラゴン』。
主な戯曲：『鈍獣』（第四九回岸田國士戯曲賞受賞）。

上演許可申請先
〒一五六・〇〇四三
東京都世田谷区松原一―四六―九
カワノ松原ビル四〇二

春子《はるこ》ブックセンター

二〇〇五年一〇月一〇日 印刷
二〇〇五年一〇月三〇日 発行

著者 © 宮《く》藤《どう》官《かん》九《く》郎《ろう》
発行者 川村雅之
印刷所 充美企画
発行所 株式会社 白水社

東京都千代田区神田小川町三の二四
電話 営業部〇三（三二九一）七八一一
編集部〇三（三二九一）七八二一
振替 〇〇一九〇・五・三三二二八
郵便番号 一〇一・〇〇五二
http://www.hakusuisha.co.jp
乱丁・落丁本は、送料小社負担にてお取り替えいたします

松岳社（株）青木製本所

ISBN4-560-03595-4

Printed in Japan